AF235605

Zeitenwende

Franz Josef Burghardt

Zeitenwende

Aufstieg und Fall des Niclas von Langenberg,
Rat des Kurfürsten von Brandenburg
und der Königin von Frankreich

Ein Roman

© 2022 by Franz Josef Burghardt
Herstellung und Verlag:
BoD - Books on Demand, Norderham
ISBN 9783756851102

INHALT

ZEITENWENDE

Eine Zeitenwende beendet ein Zeitalter und lässt ein neues beginnen. Wann aber endete das Mittelalter? Mit der Großen Pest, mit der Wiederentdeckung der antiken Schriften, mit der Erfindung des Buchdrucks, mit der Entdeckung Amerikas oder mit der Reformation? Nein, eine Zeitenwende ist kein singuläres Ereignis, sondern ein Prozess des tiefgreifenden Wandels gesellschaftlicher Strukturen.

So markiert die Eroberung einer Metropole wie die von Rom 410, Konstantinopel 1453 und Berlin 1945, als siegestrunkene Horden plündernd und vergewaltigend durch die brennenden Ruinen zogen, keine Zeitenwende. Sie kennzeichnet nur deren Höhepunkt oder Abschluss. Zeitenwenden beginnen bereits lange vorher, sei es durch militärische Schwäche, wirtschaftlichen Niedergang breiter Bevölkerungsschichten, Ausbreitung intoleranter Ideologien, ungezügelte Gier und Arroganz der Eliten oder aber auch durch Entdeckungen oder Erfindungen.

Michael Gorbatschow soll einmal gesagt haben: Wer zu spät kommt, den bestraft die Geschichte. Warum aber erkennt jemand nicht die Zeichen der Zeit? Warum hatte angeblich im Westen niemand den Fall des Eisernen Vorhangs „auf dem Schirm"? Warum verhindert niemand in Europa die weitere Zunahme der wirtschaftlichen Abhängigkeit von China?

Weil nicht sein kann, was nicht sein darf. Weil unser gewohntes Denkmuster den Blickwinkel vorgibt und die gesellschaftlichen Strukturen so erscheinen lassen, dass sie auch dann noch in unser ideologisches Schema passen, wenn dies nur noch durch Ausblenden, Verdrehen und Lügen möglich ist.

Tragisch ist es, wenn ein gebildeter und intelligenter Mensch dies nicht erkennt und in einer Zeitenwende für etwas schon längst Überholtes eintritt und „von der Geschichte bestraft" untergeht.

Davon handelt dieser Roman.

LEY

Juli 1590 auf dem märkischen Rittersitz Haus Ley bei Rründeroth a. d. Agger

Niclas hatte sich umgesehen, bevor er sich auszog, um ins Wasser zu gehen. Die Agger war kühl, in der Nähe des Ufers gründelte ein Entenpärchen. Die Morgensonne drang langsam durch das Blätterwerk der alten Weiden.

Er war, wie immer, früh aufgestanden, hatte die bellende Bracke beruhigt, damit die anderen im Burghaus nicht geweckt wurden. Der Turnierplatz hatte noch im Schatten der Eichen gelegen. Er spürte, dass etwas anders war als in all den Jahren vorher. Er war so gerne hier in Haus Ley, vielleicht weil Mutter hier immer so glücklich war. Sie liebte ihren Vater, den alten Moritz von der Leyen. Gestern aber, auf der Fahrt von Wipperfürth hierher schien die Mutter nachdenklich zu sein, und als ihn die Magd Anna umarmte, war es so heiß in seinem Kopf, und sein Herzschlag so schnell. Es war gut, jetzt im Wasser zu liegen. Anna hatte ihm auch ganz anders in die Augen gesehen; er musste an ihren Busen denken.

Eine Stunde oder mehr war wohl vergangen, als die Pferde am Turnierplatz wieherten. Niclas wusste, was das bedeutete: Seit seinem vierzehnten Geburtstag vor einem halben Jahr musste er Fechten lernen; sein Vater und die Brüder seiner Mutter Hans und Nikolaus von der Leyen bestanden darauf. Er mochte seinen Patenonkel, diesen alten Haudegen, der so viel erzählen konnte von seinen Kämpfen in Ungarn gegen die Türken. „Hey, Niclas, baden kannst du hinterher!"

Es gab Tage, an denen er darauf brannte, mit der Lanze zuzustechen, mit dem Degen den Filzhut aufzuspießen oder mit der Pistole auf den frechsten Spatz zu schießen, den er aber nie traf. Immer häufiger aber dachte er über das nach, was Vater auf dem Bergischen Landtag tat, wo er immer zuerst mit den anderen Bürgermeistern aus Düsseldorf, Ratingen und Lennep und dann mit den Adligen über die Angelegenheiten des Herzogtums beriet, um endlich mit dem Herzog über die Forderungen des Landtags, also die Gravamina der Landstände, zu verhandeln. Vater kehrte immer sehr ernst nach Wipperfürth zurück und sprach davon, dass der junge Herzog sehr krank und die Herzogin zu schön für einen solchen Mann sei. Was solle nur aus dem Land werden, wenn der Herzog ohne Kinder sterben würde? Andere Herren hätten weniger Nachsicht mit der Vielfalt des Glaubens im Bergischen. Die grausame Verfolgung der Evangelischen im Erzstift Köln durch die Spanier habe das gezeigt. Man müsse jetzt sehr eng zusammenhalten, um der großen Gefahr zu begegnen. Deshalb auch dieser neue Brunnen auf dem Marktplatz in Wipperfürth mit den Wappen der wohlhabenden Bürger und dem bergischen Löwen in der Mitte. Die alte Hausmarke der Langenberg und Mutters Kettenwappen waren ganz vorne auf dem Brunnen eingemeißelt mit der Jahreszahl 1590 und Vaters Namen: Lutherus Langenberg.

In der Rüstkammer holte Niclas das Hemd aus schwerem Tuch aus der Truhe, das ihm sein Bruder Johann zum vierzehnten Geburtstag geschenkt hatte. Die Wollweber in Wipperfürth gehörten zu den besten in der Welt, und Johann handelte mit ihnen in Köln, Antwerpen und Amsterdam so, wie es seit Generationen in der Familie üblich war. Das hatte den Wohlstand gebracht. Nikolaus von der

Leyen, sein Patenonkel hatte ihm drei Teile aus bestem Leder geschenkt: einen Lendenschurz, eine Kappe und Handschuhe. Die Gerber in Waldbröl verstanden ihr Handwerk und wussten, dass man für gutes Leder die Haut ein Jahr lang in der Eichenlohe liegen lassen muss. Erst jetzt nahm Niclas den Harnisch von der Wand und setzte den Helm auf. Sein ganzer Stolz war das Geschenk der Eltern, ein Degen, dessen Klinge aus Solinger Stahl den Namen des Schmieds Wilhelm Wirsberg trug. In den Stäben des Gefäßes zum Schutz der Hand waren auf vergoldetem Grund kleine Lilien eingeätzt.

Hans von der Leyen erwartete seinen Neffen auf dem Turnierplatz, auf dem die Schatten der Eichen langsam der Vormittagssonne wichen. Kaum hatte Niclas seine Position eingenommen, griff sein Onkel schon an. Dem ersten Stoß wich er geschickt aus, den sofort folgenden, auf den rechten Arm gerichteten Hieb wehrte er mit dem Degen ab. Den nächsten Stoß parierte er durch eine Parallelstellung der Klingen, deren Spitzen auf das gegnerische Gefäß prallten. Die hohe Mauer des Burghauses warf den lauten, metallenen Schall des aufeinanderprallenden Eisens zurück. „Großartig, Junge, und jetzt der Türkenhieb!" Niclas riss den Degen nach oben, um den Hieb auf den Helm abzuwehren. Ob es der Gedanke an Annas Busen war oder die Frage, warum Vater so viel Türkensteuer bezahlen musste, konnte er später nicht mehr sagen. Jedenfalls hatte er die Klinge seines Degens senkrecht und nicht waagerecht gehalten. Der Schlag traf ihn mit voller Wucht, der lauteste Donner, den er je gehört hatte, war nur ein Flüstern gemessen an dem höllischen Dröhnen des Helms, das ihm alle Sinne raubte.

Niclas lag auf der Bank neben der Wasserstelle in der Rüstkammer und hielt sich den Kopf. Er dröhnte immer noch. Anna saß neben ihm, einen Becher in der rechten Hand.. „Es ist sehr warm, Niclas, du solltest etwas trinken!". Sie schob ihre linke Hand sanft unter seinen Kopf, ließ die Fingerspitzen in seinen Haaren etwas auf und ab gleiten und führte den Becher an seinen Mund. Dabei rutschten die Träger ihrer leichten Sommerbluse über die Schultern nach unten, und Niclas fühlte die warme Brust der jungen Frau an seinem Arm. Er trank gierig und sah dabei auf Annas Mund, dessen Lippen sich leicht öffneten. Er wusste nicht, warum er nach ihrer Brust griff und sie küsste, aber das Dröhnen im Kopf wurde durch das Pochen seines Herzens übertönt, als Anna flüsterte: „Kommst du mit ins Heu?"

„Was machst du da, Niclas? Komm mit zum Bach. Ich will, dass du dort eine Ente fängst. Ich will heute Abend Entenbrust essen. Los!" Adam stand plötzlich in der Scheune. Seine helle Kinderstimme klang herrisch, der siebenjährige Freiherr von Schwarzenberg aus Gimborn war es gewohnt zu befehlen. Niclas sprang auf und zog sich hastig Hose und Hemd an; die Magd lag nackt auf dem Rücken, die Arme hinter dem Kopf verschränkt, und fixierte den kleinen Jungen mit dem schmalen Gesicht und den schmächtigen Schultern. Adam meinte, dass die neue Magd in Gimborn immer den Rock hochziehe oder ihr Hemd öffne, wenn sie ihn sehe, er wisse aber nicht, warum sie das tue. Seine Mutter wolle die Magd deswegen wieder fortschicken. Niclas tat so, als habe er das nicht gehört und zog Adam am Arm nach draußen.

Am Aggerufer, etwas versteckt zwischen Farn, war die Entenfalle versteckt, ein Gerippe aus Haselnussruten. Adam hatte Kellerasseln mitgebracht, die er vor der Abfahrt heute morgen im Burgkeller in Gimborn gesammelt hatte. Die beiden Jungen wussten, dass Enten mit Vorliebe Kellerasseln fressen. Sie stellten die Tonschale mit den blaugrauen Ungezieferkügelchen in die Falle und legten sich in der Nähe ans Ufer. Niclas dachte an Anna. Vater sagte immer, er solle sich nicht mit Bauernmädchen einlassen, Mutter schaute dann immer zu Boden. Niclas wusste, warum Mutter so gerne von Haus Ley nach Belligroth spazierte; von dort stammte ihre Mutter, aus einer Bauernfamilie. Großvater von der Leyen hatte sie sehr geliebt und auch geheiratet; deswegen wurde er von den anderen Adligen der Grafschaft Mark beschimpft, und er besuchte seit mehr als dreißig Jahre nicht mehr die Versammlungen der märkischen Ritterschaft in Wickede und auch nicht mehr den märkischen Landtag in Duisburg. Onkel Hans von der Leyen und seine Brüder würden nach Großvaters Tod den Landtag nicht mehr besuchen dürfen, da sie nicht „Rein adlig" waren. Vater meinte, als Wipperfürther Tuchhändler könne man zwar reich werden, aber niemals adlig. Dazu müsse man im Krieg heldenhaft kämpfen oder ein großer Jurist werden und vor allem ein Rittergut und eine adlige Frau haben. Man habe nach oben, in einen höheren Stand zu heiraten, nicht nach unten. Einer seiner Söhne müsse es schaffen, dafür werde er schon sorgen, an Geld jedenfalls solle es dabei nicht fehlen.

„Wir haben sie, wir haben sie!" Adam war aufgesprungen und zur Entenfalle gelaufen. Als Niclas dort ankam, sah er, wie Adam das Tier am Hals packte und erwürgte. Anders als Adam hatte Niclas nie eine Genugtuung dabei, ein Tier zu töten; er hatte immer Gewissensbisse dabei. Die beiden rannten zum Burghof. Adam, die Beute wie eine Trophäe hochhaltend, rief schon von weitem: „Maman, Maman!" – er benutzte häufig französische Worte – „Ich habe eine Ente gefangen! Ich will morgen Entenbrust haben. Kann die Magd das machen?" Elise

Wolf von Metternich lachte: „Niclas Langenberg hat dir wohl dabei geholfen. Spielt noch etwas miteinander, ich habe noch mit Frau Langenberg zu sprechen." Gelangweilt schlenderten sie zum Turnierplatz; ein paar Hühner flogen laut gackernd davon, um nicht wieder von Steinen getroffen zu werden. Adam konnte besser zielen.

Plötzlich blieb Adam stehen, schlug die Hände vors Gesicht und schluchzte: „Pourquoi Papa n'est-il pas avec nous? Warum ist Papa nie in Gimborn? Maman hat so viel Angst, dass er stirbt. Sie weint immer, und wir haben auch kein Geld. Ohne Papa kann sie auch kein Gut verkaufen." Hans von der Leyen hatte die Szene beobachtet, kam hinzu und legte den Arm um Adams schmale Schultern: „Baron von Schwarzenberg! Euer verehrter Herr Vater ist jetzt Oberst in spanischen Diensten. Er ist ein glänzender Stratege. Bestimmt wird er noch oberster Feldmarschall des Kaisers und zuerst die Evangelischen in Holland und dann die Muselmänner in Ungarn besiegen. Die sammeln jetzt ein großes Heer und wollen Wien angreifen. Da braucht der Kaiser die besten Offiziere an der Front, wie Euren Vater, Herr Baron." Adam weinte immer noch. Niclas bat seinen Onkel, etwas von seinen Kämpfen gegen die Türken zu erzählen, obwohl er die meisten Geschichten schon kannte, die immer mit dem Satz endeten „Eigentlich sind die Muselmänner auch Menschen, nur dass sie eben einen Turban und keine Vorhaut haben."

Während Hans von der Leyen erzählte, wie er schon als Elfjähriger in Nordfrankreich bei Peter Quad von Isengarten das Kriegshandwerk gelernt und 1566 den großen Feldzug gegen die Türken in Ungarn zusammen mit seinem Bruder Nikolaus und seinem Freund Sigmund Hager als Knappe des Reiteroberst Graf Schwarzberg mitgemacht hatte, hörte Adam gebannt zu. Anna schlenderte vorbei, einen Wasserkrug in der Hand, die Brust fast ganz entblößt. Sie blieb einen Moment stehen, wippte mit den Hüften, öffnete den Mund etwas, ließ die Zunge langsam zwischen den Zähnen hin und her gleiten und sah Niclas an, dem das Blut in den Kopf stieg. Er starrte Anna nach, die zur Scheune ging. Er folgte ihr.

In der Ferne läuteten die Glocken der Ründerother Kirche zur Mittagsstunde. Niclas hörte die Stimme der Mutter auf dem Burghof, die nach ihm rief. Hastig zog er sich an und trank gierig das Wasser aus Annas Krug. Dann lief er hinaus.

„Geh ins Haus zu Großvater. Er möchte Dich sprechen." Niclas spürte in der Stimme seiner Mutter etwas Feierliches, etwas Endgültiges. Auf der Treppe stolperte er, konnte sich aber am Türrahmen festhalten. Zu viele Gedanken schwirrten durch seinen Kopf: Die Meinung seines Onkels, dass er wohl besser studieren als fechten könne, die großspurigen Worte Adams, Annas Busen und ihre heiße Haut an den Oberschenkeln.

Im Flur war es angenehm kühl, Niclas trat durch die geöffnete Tür in die große Stube. Unter dem kleinen Fenster, durch das helles und warmes Mittagslicht drang, stand die alte Truhe mit dem mächtigen Scharnieren. Handgroß ragte ein Schlüssel aus dem Schloss. Jemand hatte den Deckel hochgeklappt und Niclas sah neben kleineren Holzkästchen Papierrollen. Mutter hatte ihm einmal gesagt, in der Truhe sei das Archiv der Familie, auch eine hundert Jahre alte Urkunde mit dem Siegel der Herzöge von Burgund. Neben der Tür ragte ein Schrank, nach märkischer Art aus Eiche gezimmert, fast bis an die niedrige Zimmerdecke. Dem Schrank gegenüber hing Großvaters Harnisch, ein rostiger Helm, eine Lanze mit wurmstichigem Holz. Hinter dem Tisch eine Bank, darüber ein Kruzifix und das Regal mit dunkelgrünen Tellern, zwei grauen Tonkrügen aus dem Westerwald mit blauen Medaillons, die die Köpfe der Kurfürsten im Halbrelief zeigten, und einer fast weißen Siegburger Schnelle mit dem Wappen der Herzöge von Jülich-Kleve-Berg.

Großvater saß in seinem Lehnstuhl, die alte braune Decke, die er so liebte, über die Beine gelegt, darauf die Katze, die ihren Mittagsschlaf hielt. „Komm näher, Niclas. Ich versteh dich sonst nicht." Großvater atmete schwer. „Deine Mutter hat mir erzählt, dass der Brunnen in Wipperfürth fertig ist mit dem Kettenwappen ganz vorne und an der Seite. Ist er schön?" Niclas nickte. Er wollte nicht wieder an den Busen denken, was Großvater sagen wollte, war wohl wichtiger, vielleicht. „Hans meint, du kannst sehr gut fechten, magst es aber nicht. Ich weiß, dass du klug bist, sehr klug. Du wolltest alles wissen über die Fürsten und Kurfürsten, über den Kaiser und den Krieg gegen die Türken, auch über Martin Luther und seine Lehre. Mit vier Jahren konntest Du schon schreiben und lesen et tu sais parler francais." Ein Lächeln huschte über Großvaters Gesicht. „Meine Söhne sind gute Menschen, aber etwas bäurisch; sie haben's wohl von ihrer Mutter." Niclas bemerkte jetzt erst, dass Großvater etwas in seiner rechten Hand hielt, deren von Gichtknoten gezeichnete Finger sich langsam öffneten und den Blick freigaben auf ein Medaillon. Die Fassung aus Gold umschloss ein blauglänzendes Emaille mit dem Kettenwappen der Ley. „Grand-mère me l'a donné. Großmutter hat es mir gegeben. Ihr Großvater, der Graf von Nevers, hat es ihr vor hundertzehn Jahren zur Hochzeit geschenkt. Je te le donne maintenant, Nicolas. Tu peux le prendre.» Niclas zögerte, aber der Großvater streckte ihm langsam die Hand mit dem Schmuckstück entgegen. Vorsichtig griff er zu und legte es in seine linke Hand. Jetzt konnte er auch die andere Seite des Medaillons sehen. Ebenfalls ein Wappen, nur waren die Emaillefarben schon etwas matt. Der gekrönte Schild trug einen etwas kleineren Mittelschild, der außen von einem Kranz aus silbernen und roten Strahlen umgeben war. Innen glänzten auf azurfarbenem Grund wohl an die dreißig goldene Lilien. Niclas schaute den Großvater fragend an. „Diese Seite ist noch sehr viel älter. Der Graf von Nevers bekam es von seinem Großvater, dem Königssohn Philipp."

Niclas dachte an die vielen Erzählungen des Großvaters an den langen Winterabenden hier in Haus Ley, vor allem die Geschichte der Herzöge von Burgund, von Philipp dem Kühnen, den sein Vater, König Johann der Gute von Frankreich, 1364 zum Herzog von Burgund gemacht hatte, von dessen Söhnen Herzog Johann Ohnefurcht und Graf Philipp von Nevers, dessen Enkelin Elisabeth den Ritter Johann von Neuhoff genannt Ley heiratete und mit ihm noch vor siebtig Jahren auf Haus Ley lebte. Von ihr hatte Großvater die französische Sprache gelernt.

Der alte Mann hatte seinen Kopf nach hinten gelegt, die Augen halb geschlossen. „Ferme le coffre, Nicolas, et donne la clef à Henri.» Niclas sah, dass Großvater den Mund etwas geöffnet hielt, die blassen Lippen eingefallen in einem zahnlosen Mund. Er ging zur Truhe, verschloss sie und wollte den Raum verlassen, als er Großvaters Stimme hinter sich hörte: „Niclas, es wird eine schwere Zeit kommen. Du musst dann sehr stark sein. Der König von Frankreich wird dir helfen. Gott segne dich!"

Draußen im Burghof hatte im Schatten einer großen Linde bereits die Mittagsmahlzeit begonnen. Adam saß

17

zwischen Sophia von der Leyen und Elise Wolf, neben Sophia ihre Brüder Johann und Hans, die ihre Arbeit im Bergwerk Kaltenbach unterbrochen hatten. Ihr Bruder Gerhard, Pastor in Gummersbach, und ihr Vetter Hermann von der Leyen aus Walfeld, waren ebenfalls eingetroffen. Man wollte nach dem Essen über das weitere Vorgehen bei den Arbeiten in Kaltenbach beraten. In der großen Holzschüssel schwammen Stücke von Karpfen aus dem Burgteich. Daneben lagen drei Laib Brot, frisch aus dem Backhaus hinten am Burggraben. Niclas setzte sich neben Onkel Gerhard, der gerne blutrünstige Geschichten aus der Bibel Martin Luthers vorlas. Anna brachte er immer ein kleines Geschenk mit. Nach dem Essen sprach er ein kurzes Gebet und fragte Niclas, ob er wisse, wo Anna sei.

Im Westen zogen Wolken auf und es wurde schwül. Bienen und Zitronenfalter teilten sich die Dolden des Sommerflieders, dessen süßlicher Duft sich mit dem des Pferdedungs aus dem Stall mischte. Über dem Burggraben tanzten Mücken, die Enten am Ufer hatten ihre Köpfe ins Gefieder gesteckt.

Niclas und Adam versuchten sich wieder in der Entenjagd am Aggerufer, ihre Mütter saßen auf der Bank im Schatten des Hoftores. „Ich weiß nicht, was werden soll, Sophia," meinte Elise nachdenklich, „zehn Jahre bin ich jetzt mit Adolf verheiratet, und wie oft habe ich ihn gesehen? In den letzten drei Jahren überhaupt nicht mehr. Ständig braucht er Geld. Vor einigen Monaten hat er 1200 Reichstaler Kredit aufgenommen und dafür die Leibrente aus meiner Erbschaft versetzt. Mein Vater und mein Bruder sind jetzt schon fünf Jahre tot, seitdem streite ich mich mit meiner Schwester um die Erbschaft, aber ohne meinen Mann kann ich nicht handeln. Und dann immer die Angst um Adam. Ich habe doch nur den Jungen und sonst niemanden. Für eine Frau von dreißig … " Sie schaute Sophia an. „Du hast vier Söhne und drei Töchter, und dein Mann ist immer bei dir. Bei Gott, du hast ein besseres Los als ich." „So einfach ist das nicht," erwiderte Sophia, „wenn man als Kind von den adligen Verwandten des Vaters immer hören muss, dass man nur das Kind eines Bauernmädchens sei. Und nach der Heirat mit Luther hieß es, ich hätte nur wegen des Geldes einen Bürgerlichen geheiratet. Ich muss mit zwei Flecken leben, den meiner nur halben adligen Abstammung und den meiner unstandesgemäßen Heirat. Und wenn einer meiner Söhne einmal vom Kaiser geadelt werden sollte, so werden die anderen Adligen mit Fingern auf ihn zeigen, weil er nur briefadlig sei und nicht uradlig. Deine Eltern, Elise, waren beide von Adel und du hast sogar in einen höheren Stand geheiratet, du bist jetzt Freifrau von Schwarzenberg. Und wenn dein Mann General wird – und das Zeug dazu hat er -, dann wird der Kaiser ihn in den Grafenstand erheben und du bist dann Gräfin." „Pah!" Elises Gesicht zeigte eine Mischung von Wut und Resignation, „Eine Gräfin von dreißig oder vierzig, die Nacht für Nacht mit ihrer Katze ins Bett geht? Schöne Aussichten in diesem feuchten Gemäuer Gimborn! Manchmal wünsche ich mir, eine Nonne in Köln zu sein. Dann könnte ich durch die Straßen gehen und all die herrlichen Dinge sehen, die die Hanseschiffe herbeischaffen. Und meinem jungen Beichtvater würde ich wohl gerne meine innersten Wünsche so sagen, dass es ihm warm ums Herz würde!"

Das Gespräch der Frauen wurde plötzlich durch ein lautes Geschreie ihrer Jungen unterbrochen. Die Entenjagd war zwar erfolgreich gewesen, aber Adam hatte etwas zu früh die Falle geöffnet, um die Ente zu erwürgen, so dass das Tier an seiner Hand vorbei fliehen konnte. Niclas war daraufhin zornentbrannt aufgesprungen: „Lass doch endlich mal deine blöden Finger von meiner Falle!" Adam blieb äußerlich völlig ruhig und antwortete mit heller, aber scharfer Kinderstimme: „Reg' dich doch nicht immer so auf! Du bist blöde, sonst wäre die Falle besser!" Aber der Wortwechsel ging weiter: „Ich kann nicht blöde sein, mein Vater ist Bürgermeister!" „Und ich bin Baron und deswegen nicht blöde!" „Aber ich werde einmal der erste Minister des Königs in Frankreich!" „Und ich werde einmal Graf, nein, Reichsgraf, nein, Fürst von, nein, zu Schwarzenberg, basta!"

„Aufhören, bevor wieder die Schlammbrocken fliegen! Du sollst nicht immer so aufbrausen, Niclas!" Die Ermahnung Sophia von der Leyens war mütterlich streng, und Elise Wolf von Metternich fügte halb lachend hinzu: „Darf ich alle Minister und Fürsten bitten, in die Kutsche zu steigen? Wir sollten vor dem Gewitter in Gimborn und Wipperfürth sein."

ISENGARTEN

30. Mai 1609 auf dem Rittersitz Burg Isengarten bei Waldbröl im Herzogtum Berg, Lehen der Grafen von Sayn

Das alte Burghaus auf dem Alsberg oberhalb des Dorfes Waldbröl lag in der nachmittäglichen Sonne, die schon die Wärme des nahenden Sommers spüren ließ. Die mächtigen Buchen vor dem Tor trugen noch das frische Grün des Frühlings, die Wildrosen unter dem windschiefen Vordach mit ihrem betörenden Duft wurden von emsigen Bienen besucht, deren Summen sich mit dem leichten Rauschen der Blätter in den hohen Baumkronen mischte.

Die Gebäude hatten schon bessere Tage gesehen. Von dem Verputz waren nur noch Reste vorhanden, das kalte und nasse Wetter des Oberbergischen hatte im Mauerwerk aus Bruchsteinen seine deutlichen Spuren hinterlassen. Der äußere Mauerring verdiente kaum mehr seinen Namen. An mehreren Stellen war das Gemäuer gänzlich eingefallen, an anderen verrichteten die Wurzeln kleiner Büsche ihr Zerstörungswerk.

Von Denklingen her näherten sich schnell drei Reiter. Niclas und sein vierzehnjähriger Neffe Gottfried von Langenberg waren schon früh in Wipperfürth aufgebrochen, über Gimborn, wo Adam von Schwarzenberg zu ihnen stieß, nach Haus Ley geritten, um dort mit Hans von der Leyen zu sprechen, den der bergische Landtag einen Monat zuvor zum Hauptmann über 200 Schützen gewählt hatte, um möglichen Unruhen nach dem Tod des Herzogs begegnen zu können. Zur Mittagszeit hatten sie ihren Weg über Wiehl und Denklingen nach Isengarten genommen, um dort die Fürsten zu begrüßen.

Ein Knecht versorgte die Pferde im Burghof, während die Männer ohne Zögern das Burghaus betraten, wo sie von Christine Quad mit einem Becher kühle Milch begrüßt wurden. Das Mädchen von etwa sechzehn Jahren mit langen dunkelblonden Zöpfen organisierte den kleinen Haushalt ihres Onkels, des Obristen Heinrich Quad zu Isengarten, wobei ihr der alte Knecht und eine Magd halfen. Den für sein Alter auffallend großen und kräftigen Gottfried umarmte Christine besonders herzlich, nahm seine Hand und schlenderte mit ihm über den Burghof zu einer Bank neben dem Rosenstrauch, dessen Blüten der Sage nach die Ritter von Isengarten schon vor dreihundert Jahren in ihr Wappen aufgenommen hatten.

„Du weißt, Niclas, wie wichtig das ist, was wir jetzt vorhaben." Adam sprach betont langsam und leise, um seinen Worten besonderen Nachdruck zu verleihen. „Du musst dich beherrschen, unbedingt! Halte dich an unsere Absprache und lass Quad für uns reden. Unsere Chance ist jetzt gekommen, genau jetzt. Wir können in den nächsten Jahren alles gewinnen, was wir wollen, wenn du wenigstens heute nicht wieder anfängst, von der Wahrheit zu sprechen. Wir erwarten jetzt eingefleischte Anhänger Luthers; denen kannst du nicht erzählen, dass du für einen katholischen Landesherrn betest, die würden uns sofort zum Teufel jagen! Mein Trumpf ist jetzt mein Titel und mein Ansehen in Jülich, dein Vorteil sind deine Beziehungen nach Frankreich. Die nächste Stunde wird nicht einfach für uns, aber denk' daran: Per aspera ad astera – Durch Mühen zu den Sternen!" Während Adam sprach, hatte Niclas mehrfach beschwichtigend genickt.

Wenig später wurde die nachmittägliche Ruhe durch lautes Hundegebell und das Läuten der Kirchenglocken in Waldbröl unterbrochen. Gottfried und Christine stürmten aus dem Burghaus: „Schnell, sie kommen!" Ihre Stimme war freudig erregt. Die beiden sprangen auf die niedrige Burgmauer und schauten angespannt auf den Weg, der von Waldbröl nach Nümbrecht führte.

In schnellem Galopp preschte ein Pferd auf das Burgtor zu, der Reiter sprang ab und machte sein Pferd an einem rostigen Mauerhaken fest. „Onkel Heinrich! Ich bin so froh, dass du wieder zu Hause bist!" Das Mädchen hatte den Neuankömmling umarmt und auf beide Wangen geküsst. Adam gab ihm die Hand. „Ich freue mich, Herr Quad, dass Ihr wieder wohlbehalten hier seid. Wann kommt der Markgraf?" Quad nahm seinen Reiterhelm mit dem mächtigen Federbusch ab. Obwohl kaum mehr als fünfzig Jahre alt, zeigte sein Gesicht die Spuren seines Lebens als Söldnerführer, die Haut gegerbt von Wind und Regen, vom Wein und vom Pulverdampf der Kanonen. Von seinem rechten Ohr war nur noch ein kleines Fleischstückchen übriggeblieben, darunter am Hals eine breite Narbe; er wusste selbst nicht mehr, in welcher Schlacht es ihn dort erwischt hatte. Sein breites, gewinnendes Lachen aber bewies seine Lebensfreude, auch wenn er nur noch vier Zähne sein eigen nennen konnte und sein Mundgeruch selbst für seine Zeitgenossen eine arge Belastung war. Daher wich Niclas etwas zurück, als Quad ihn freundlich begrüßte: „Es ist gut, dass der Herr von Schwarzenberg Sie mitgebracht hat. Wir werden Sie noch brauchen, sie sollen nicht nur ein guter Jurist sein." Er wandte sich zu seiner Nichte: „Hat der Pächter vom Romberg den neuen Honig gebracht? Hast Du alles vorbereitet wie besprochen?" Christine nickte und lief zum Burgtor.

Ein leichtes Beben der Erde war zu spüren noch bevor die ersten Reiter die Höhe des Alsbergs erreicht hatten. Das Schnauben der Pferde und der Trommelwirbel ihrer Hufe wurde übertönt von einem lauten Trompetensignal. An der Spitze ritten die Herolde, der eine gekleidet in den Farben der Hohenzollern mit dem Wappen des Markgrafen von Brandenburg, der andere mit dem Wappen des Landgrafen von Hessen, dahinter eine Gruppe von Reitern mit vergoldetem Harnisch und Lanzen, an denen abwechselnd Wimpel mit den Wappen der beiden Reichsfürsten hingen. Es folgten die Fürsten selbst, Markgraf Ernst und Landgraf Moritz, dann Graf Johann von Nassau-Siegen mit seinem designierten Schwiegersohn Graf Adolf von Daun zu Broich, dessen Vater zehn Jahre zuvor als Führer des protestantischen Adels in seinem Haus an der Ruhr von spanischen Soldaten ermordet worden war. Wenig später trafen auch die Grafen Georg von Nassau-Beilstein, Friedrich, Wilhelm, Reinhard und Philipp von Solms, Wilhelm von Wittgenstein sowie Gumprecht von Bentheim mit einer Nachhut von zwanzig schwer bewaffneten Reitern ein.

Quad bat die Fürsten und Grafen ins Haus, wo im Rittersaal an einem mächtigen Tisch aus Eichenbohlen zwölf Stühle mit Rücken- und Armlehnen bereitstanden. Keiner von ihnen war gepolstert. An der Wand lehnte ein Regal mit Schüsseln und Krügen aus brauner Keramik, wie sie in Köln von den Händlern aus Raeren verkauft wurden. Daneben hingen die aus Holz geschnitzten und bemalten Wappen der Familien von Isengarten und Quad, jedes wohl drei Fuß hoch. Das eine zeigte in Schwarz drei goldene Rosen mit roten Butzen und auf dem Helm einen schwarzen Brackenkopf, das andere in Rot zwei doppeltgezinnte silberne Balken, auf dem Helm der Oberkörper eines silbernen Bären mittig zwischen zwei roten Adlerflügeln. Auf dem Tisch standen Teller und große Becher aus grauem Steinzeug mit blauen Mustern, daneben jeweils ein Silberbecher, innen vergoldet, außen mit einem Schlangenhautmuster verziert. Zwei große gläserne Karaffen waren fast randvoll mit Rotwein, ein weißer Steinkrug, aus dem der Stiel eines Holzlöffels ragte, mit Honig gefüllt.

„Ich heiße Euer Durchlaucht Markgraf Ernst, den Bruder und Statthalter unseres neuen gnädigsten Fürsten und Herrn, Herrn Johann Sigismund, Kurfürst unseres Heiligen Römischen Reiches Deutscher Nation, nunmehr auch Herzog von Berg, in seinen Neuen Landen am Rhein herzlich willkommen! Das Haus Hohenzollern ist der rechtmäßige Erbe der Herzogtümer und Grafschaften, die der kinderlose Herzog Johann Wilhelm von Kleve hinterlassen hat." Während Quad sprach, hatte Christine, die den Männern gefolgt war, die Silberbecher mit Rotwein gefüllt und war wieder gegangen. Quad hob seinen Becher: „Den Wein hat mir Carlo Gonzaga zum Abschied geschenkt, ein Grand Cru aus Beaune. Trinken wir auf den Ruhm des Hauses Hohenzollern "Vive la gloire de la Maison de Brandenbourg!" Einige der Grafen brachten weitere Trinksprüche zum Besten bis die Becher geleert waren. Dann trat Christine wieder in den Raum und stellte ein großes Holzbrett mit duftenden Waffeln auf den Tisch. Gottfried, ein großer, kräftiger Junge, brachte zwei Krüge mit Milch, die er in die Steinzeugbecher der Gäste goss. Christine süßte die Milch mit einem Löffel Honig.

„Durchlaucht! Euer Gnaden!" fuhr Quad fort, „Hier im oberen Herzogtum Berg essen und trinken wir mit lieben

Gästen gerne das, was das Land hervorbringt: Waffeln aus Hafermehl, Milch und Honig. Der lehmige Boden lässt nur Viehhaltung und etwas Haferanbau zu, dafür haben unsere Berge hier aber Silber, Blei und Nickel. Übrigens, darf ich vorstellen?" Er zeigte auf Adam. „Adam von Schwarzenberg zu Gimborn, der Sohn des Reichsgrafen Adolf, der den Türken vor zehn Jahren die Festung Raab an der Donau wieder entriss." Landgraf Moritz erhob sich und musterte Adam provozierend: „Was macht ein Katholik in unserer Runde? Wir können hier keinen Anhänger des Kaisers brauchen! Adolf von Schwarzenberg war Obrist auf Seiten der Spanier, die im Auftrag des Kaisers unseren treuen evangelischen Freund Graf Wirich in Broich umbrachten."

Adolf von Daun meldete sich zu Wort: „Verzeiht, Durchlaucht! Der junge Reichsgraf steht keineswegs auf der Seite des Kaisers. Er ist bitterlich enttäuscht von Kaiser Rudolf, der auf dem Hradschin in Prag prächtig Hof hält, nur an die Astrologie denkt und sich nicht schämt, wenn Maler sein Gesicht aus Gemüse oder Obst zusammensetzen. Von seinen Versprechen, die er Adams Vater nach dem Fall von Raab gab, will er nichts mehr wissen. Von dem erblichen Titel Reichsgraf kann sich der jungen Adam nichts kaufen; er wartet bis heute vergeblich auf die versprochenen 300.000 Taler und auch auf die zugesagte Reichsgrafschaft. Und was die Religion angeht, so bin ich ihm nicht böse. Wir Rheinländer halten es seit hundert Jahren so, dass wir alle als Christen friedlich miteinander leben, ganz gleich, ob katholisch, lutherisch oder reformiert. Bei einer Heirat fragt die Braut nicht, ob ihr Liebster ein Anhänger Doktor Luthers ist und bei einer Taufe der Vater nicht, ob der Pate an die Prädestination glaubt. Wären nicht die Spanier ins Land gekommen, so würde mein Vater noch leben."

Während sich der Landgraf kopfschüttelnd setzte, wurde auch Niclas dem Markgrafen vorgestellt. „Dies, Durchlaucht, ist der ehrenfeste und hochgelehrte Doktor Langenberg aus Wipperfürth, vormals Militärrichter in Berg, Geldern und Straeln." Während Quad noch weitere lobende Worte über ihn fand, drehte Niclas etwas nervös an seinem schweren goldenen Ring, den er wie auch das rote Birett und die goldene Kette zu den Insignien seiner akademischen Würde angezogen hatte. „Noch so ein Papist?" zischte deutlich hörbar der Landgraf. Niclas spürte, dass er sich nur schwer beherrschen konnte, und bemühte sich, seine Stimme zu kontrollieren, deren leichtes Vibrieren aber seine Erregung erkennen ließ: „Ich bin wohl katholisch, aber kein Anhänger des Kaisers und der Spanier. Anno Domini 1601 haben mich die Düsseldorfer Räte, die im Auftrag des Kaisers die Regierung für den unfähigen Herzog führten, gefangen nehmen und mit Stricken und Seilen gebunden in die Festung Jülich schleppen lassen. Dort wurde ich erst nach acht Monaten wieder entlassen, weil mein Vater, mein Bruder Johann und ein Onkel, der Duisburger Ratsherr Degener, für mich bürgten. Und das alles nur, weil ich die Wahrheit über das Verbrechen an der Herzogin geschrieben habe." „Die Herzogin war eine Hure und hatte den Tod verdient, den sie nicht durch Mord, sondern durch die Schwachheit ihres Körpers erlitt", warf der Landgraf ein, doch Niclas widersprach sofort: „Jakobe war eine sehr schöne und gesunde Frau, die vom Schicksal betrogen war. Was sollte sie mit einem impotenten und von Schwachsinnanfällen geplagten Ehemann anfangen? Ihr Ehebruch ist kein Grund dafür, sie zu ermorden, so etwas tun die Anhänger Mohammeds. Die Räte haben sie getötet, weil sie die Regentschaft für ihren Mann beanspruchte. Es war eine

Machtfrage, und der Ehebruch war nur ein Vorwand, um das Volk gegen die Herzogin aufzuhetzen."

Quad wandte sich an den Markgrafen: „Seht Ihr, Durchlaucht, einen solchen Mann, der auch bei Fürsten und Grafen seine Meinung offen sagt, den braucht Ihr hier im Bergischen. Das Volk hier mag keine Arschkriecher und Sesselfurzer, die ihrem Herrn nach dem Maul reden. Wenn Ihr wollt, dass man Euch in den Ämtern Bergs die Treue schwört, dann schickt den jungen Grafen Daun als Höchsten der Adligen und diesen Doktor Langenberg los. Die wissen, wie man hier reden muss."

Christine war wieder in den Raum getreten, schenkte Milch in die geleerten Becher und wollte wieder gehen, als ihr Onkel sie am Arm festhielt. „Das ist meine Nichte Christine Quad, eine Enkelin der Brigitta von Schaumberg zu Münnerstadt in Unterfranken …" Der Markgraf unterbracht ihn: „War diese eine Tochter des Reichsritters Sylvester, der unserem Doktor Martin Luther in schwerer Stunde geholfen hat?" Quad nickte, woraufhin sich der Markgraf erhob, auf Christine zuging, ihre Hand nahm und ihr freundlich zulächelte: „Ich habe nicht erwartet, so offenherzig begrüßt und von so edler Hand bedient zu werden. Ich wünsche Euch, Fräulein Christine, einen Mann, der Euch liebt und ehrt." Quad hatte bei dieser Szene Adams Verhalten beobachtet, doch ließ dessen Gesicht keine Regung erkennen. Er schien sehr konzentriert alle Vorgänge wahrzunehmen, um nur im richtigen Moment und dann wohlüberlegt zu handeln.

Markgraf Ernst ergriff das Wort: „Meine Herren! Wir sind auf dem Weg nach Schloss Homburg, wo Pfalzgraf Wolfgang Wilhelm von Neuburg bereits auf uns wartet. Er erhebt Ansprüche auf die Herzogtümer Berg, Jülich und Kleve und auf die Grafschaften Mark und Ravensberg. Das Haus Hohenzollern würde das auf keinen Fall akzeptieren. Landgraf Moritz wird versuchen, ihm eine Geldsumme anzubieten. Das sollte reichen. Auch der Kurfürst von Sachsen meint, er habe Erbrechte, aber das wird mein Bruder Johann Sigismund in direkten Verhandlungen zwischen Berlin und Dresden schon regeln. Dann ist da noch Karl von Nevers, der als Nachkomme einer klevischen Seitenlinie meint mitreden zu können. Ward Ihr nicht viele Jahre in seinen Diensten?" Er wandte sich zu Quad, dessen Gesicht ein breites Grinsen zeigte: „Ha, dieser Italiener, dieser Gonzage! Ein Großmaul sondergleichen, der in seinem Wappen sogar das orthodoxe Kreuz der römischen Kaiser von Konstantinopel führt! Er ist noch aufgeblasener als sein Vetter Vincente Gonzaga in Mantua, der dort seinen Palast durch Meister Rubens hat ausmalen lassen. Karl ist jetzt auf die Idee gekommen, das Kuhdorf Arsch ..." - Quad unterbrach und prustete vor Lachen; er hatte statt der französischen Aussprache für den Ort Arche betont ein sch gewählt - „Verzeiht, Durchlaucht! Also, er hat dieses Kaff Arsch zu einem Fürstentum erhoben und vor einem Jahr dort die Gründung einer neuen Stadt, seiner Stadt Charleville, verkündet. Sein Lehnherr König Heinrich von Frankreich lässt ihn gewähren, um ihn aus der jülichen Erbsache herauszuhalten, den Prince d'Arche, also den Fürst vom Arsch." Die Männerrunde brach in schallendes Gelächter aus. Graf Wittgenstein hob seinen Becher und rief: "Mit der bergischen Honigmilch auf Karl Gonzaga, den Herzog von Nevers und Rethel, den Fürsten vom Arsch!"

Einige Grafen begannen, von ihren täglichen Liebesabenteuern während der Kavalierstour in ihrer Jugend

durch Frankreich und Italien zu schwärmen. „Silentium!"
Markgraf Ernst bat um Ruhe und fragte, ob jemand Näheres über Pläne König Heinrichs wisse. Niclas räusperte sich vernehmlich: „Nun, Durchlaucht, Heinrich hat offenbar große Pläne. Er ist ein Mann, der immer nur im Feld gestanden hat, der ohne Pulverdampf nicht leben kann. Er fühlt sich berufen, die Landkarte Europas neu zu ordnen so, wie es einmal Karl der Große tat. Heinrichs Minister Sully hat eine gewaltige Kriegskasse angehäuft, die wohl geeignet ist, ein so großes Heer aufzustellen, dass es Spanien und dem Kaiser das Fürchten lehren kann. Heinrich hat einen seiner Getreuen, den erfahrenen Diplomaten Jean Hotman als französischen Agenten nach Düsseldorf beordert. Hotman, mit dem ich in Kontakt stehe, hat ständig Berichte über die Situation am Niederrhein nach Paris an die Staatssekretäre Villeroy und Puisieux zu schicken. König Heinrich wird auf jeden Fall verhindern wollen, dass der Kaiser selbst in Jülich Fuß fasst und die Herzogtümer an Vertraute oder gar an einen Habsburger gibt." „Ihr scheint sehr gut informiert zu sein, Doktor Langenberg. Ich denke, Ihr solltet in hohenzollernsche Dienste treten. Ihr könntet mir als Rat und Kommissar gute Dienste leisten. Kommt mit uns, wir können einen einheimischen Rechtsgelehrten, der die Dinge hier im Lande kennt, gut brauchen. Und Ihr, Graf Schwarzenberg." Damit wandte sich der Markgraf an Adam, „Ihr seid katholisch und habt Güter im Herzogtum Jülich. Die Adligen dort werden auf Euch hören, wenn Ihr dort für das Haus Brandenburg sprecht. Mein Bruder, der Kurfürst, wird es Euch lohnen!"

Während Niclas noch einen Moment lang zögerte, reichte Adam dem Markgrafen sofort die Hand: „Ich werde dem Markgrafen zu Brandenburg, meinem gnä-

digsten Fürsten und Herrn, mit Leib und Blut dienen."
Niclas aber hatte bohrende Zweifel, ob es richtig sei, sich
in den Dienst eines landfremden Fürsten zu begeben,
dessen Erbansprüche strittig waren, der kein Heer besaß,
um sich durchzusetzen, und nichts von den toleranten
Religionsverhältnissen im nördlichen Rheinland wusste.
Sollte er sich als Katholik nicht doch besser auf die katholische Seite, also die des Kaisers schlagen? Nein,
wenn der Kaiser seine Leute hierhin brächte, würde
Frankreich angreifen. Das aber hätte nur Krieg und damit
Zerstörung und Elend für das Land zur Folge. Wenn die
Protestanten hier zusammenhielten und – vielleicht mit
niederländischer Hilfe – die Herzogtümer halten könnten,
würde Heinrich Ruhe geben und in Paris bleiben. Warum
hatte Adam, der doch auch katholisch war, sich jetzt so
schnell in Dienst nehmen lassen? So schlecht könnte es ja
wohl nicht sein, Rat und Kommissar eines Kurfürsten des
Heiligen Römischen Reiches Deutscher Nation zu sein.
„Und Ihr, Doktor Langenberg?" fragte der Markgraf.
Niclas reichte ihm die Hand mit den Worten: „Euer
untertänigster Diener, Durchlaucht!"

WIPPERFÜRTH

10. Januar 1615 im Haus des Lutter Langenberg

Niclas trat in die große Stube. Der mächtige Ofen mit seinen vom Feuer erhitzten olivgrünen Kacheln hatte den Raum mit wohltuender Wärme erfüllt und ließ die Winterkälte draußen vergessen. Der alte Kater, dessen braunes Fell schon Grautöne zeigte, lag schlafend in einer Ecke.

Ein schmales weißes Leinenband mit feinen Lochstickereien teilte die Platte des Familientisches. Großvater Paul hatte ihn nach dem Stadtbrand vor dreißig Jahren aus Eichenholz des nahen Gemarkenwaldes anfertigen lassen. Neben acht Schlangenhautbechern, die Johann während einer Frankfurter Messe bei einem Augsburger Silberschmied erworben hatte, standen auf dem Tisch zwei Siegburger Schnellen, die eine mit den Wappen der Herzogtümer Jülich, Kleve und Berg, die andere mit den Konterfeis der sieben Kurfürsten, darunter auch Johann Sigismund von Brandenburg, Niclas' Dienstherrn. Diese Motive auf den hohen schmalen Tonkrügen waren im Handel durchaus üblich, hier aber unterstrich die feine Linienführung die besonders sorgfältige Arbeit des Töpfers, gekrönt von der silbernen Armatur des Deckels, einer aufwendigen Arbeit eines Nürnberger Meisters.

Als sein Blick auf die eiserne Wolfsangel zwischen den Fenstern fiel, dachte Niklaus an seine diplomatische Mission an den Königshof in Paris vor drei Jahren. Dort hatte er über seine Vermittlertätigkeit im Aachener Religionsstreit berichtet, den er ganz im Sinne Frankreichs geschlichtet hatte. Während einer Audienz im Louvre bei der Königin und Regentin Maria von Medici, der Witwe des ermordeten Königs Henrichs IV., war er für seine Verdienste zu einem *der Königlichen Mayestät in Frankreich bestellten und geheimen Rat* ernannt worden, verbunden mit der Verleihung eines Wappenpatents in Form einer großen gerollten Urkunde.

Das Innere dieser Rolle zeigte in leuchtenden Farben sein ihm verliehenes Wappen, der Schild in Blau ein goldener aufrechter, schwarz geschachter Sparren, auf dem Spangenhelm mit blau-goldener Decke ein offener Adlerflug, zwischen den Schwingen ein Wolfskopf. Mit diesem Wappen siegelte er nun voller Stolz seine Brief und Dokumente. Für ihn war es ein großer Schritt gewesen, weg von dieser Wolfsangel, weg von diesem eckigen Flescherhaken mit seinem unförmigen schrägen Querbalken, weg von einer dieser Runen, wie sie so viele bürgerliche und auch bäuerliche Familien seit Jahrhunderten als Hausmarken dienten. Jetzt aber besaß er ein Wappen, nicht eines, das sich reiche Bürger einfach zulegten, sondern ein königlich verliehenes, fast eines, wie es die alten adligen Familien seit 500 Jahren auszeichnete. Niclas verdrängte den Gedanken, dass sein Wappen im deutschen Reich nicht hoch angesehen wurde, weil es nicht der Kaiser, sondern nur ein ausländischer Königshof verliehen hatte.

Den reich mit Marketerien verzierten hohen Vitrinenschrank, den Johann seiner Braut anlässlich seiner Verlobung in Amsterdam geschenkt hatte, füllten große Keramikteller aus Limoges, die in gelben, blauen und grünen Farbtönen Obst und Fische, aber auch freizügige Badeszenen darstellten. Neben dem Schrank fiel Niclas' Blick auf ein kleines, ihm noch unbekanntes Gemälde, auf dessen Rahmen ein Messingschild den Namen „Hans Rottenhammer" trug. Dieser Maler verstand es offenbar, einfühlsam die weichen Formen junger Frauen darzustellen, die sich in lasziver Haltung nackt bei einem „Göttermahl" auf einer Bank oder auf dem Boden räkelten. Sie gefielen Niclas wahrlich besser als die Fleischmassen bei Rubens und die seltsamen Zwitterwesen eines Michelangelo mit ihren männlich muskulösen Armen und den unförmigen, scheinbar nur angeklebten Brüsten.

Sein Vater, der alte Lutter Langenberg, betrat den Raum, gebeugt, die rechte Hand gestützt auf einen Stock aus Nussbaum mit einem elfenbeinernen Griff. Agnes, seine jüngste Tochter, führte ihn an seinem linken Arm. Ihre langen kastanienroten Haare fielen auf seine Schultern und verschwammen mit dem burgunderfarbenen Samt seines Umhangs. Die Stirn seines blassen, von Altersflecken gekennzeichneten Gesichtes wurde von einer dunkelblauen, mit einer Goldlitze verzierten wollenen Mütze bedeckt. Er ließ sich langsam auf einem der lederbezogenen Lehnstühle am Tisch nieder. Agnes, die ihm noch liebevoll einige Worte ins Ohr flüsterte, verließ den Raum. Johann und Melchior betraten den Raum und nahmen gemeinsam mit Niclas gegenüber Lutter am Tisch Platz. Die Brüder schwiegen respektvoll; sie wussten, dass der Tod ihres Vaters nicht mehr fern war. Man hörte nur das Ticken einer kleinen Wanduhr.

Lutters Stimme klang fest; „Ich möchte, dass Johann hier im Haus bleibt, um unser altes Gewerbe als Wollhändler fortzusetzen. Niclas, du hast jetzt den Hof der Grafen von Nassau in Köln nahe Sankt Heribert gekauft samt dem hohen Turm am Rheinufer, der Rüstkammer und den kleinen Mietshäusern. Ein stattliches Anwesen, und du brauchst das Haus hier nicht. Und du, Melchior, lebst jetzt in Gummersbach im Doktor von Omphals

Haus, das deine Frau bald erben wird. Dem Schwarzenberg gehört jetzt Gummersbach, und in seinen Diensten bist du gut aufgehoben. Lasst euren Bruder Johann hier seine Handelsgeschäfte treiben, er hat es schwer genug." Lutter machte eine Pause und sah seine Söhne fragend an.

Niclas und Melchior nickten kurz, und Johann ergänzte leicht klagend: „Viele Handelswege sind jetzt unterbrochen. Die Zölle am Rhein werden ständig erhöht und immer häufiger hört man von Raubüberfällen und sogar Totschlag im Westerwald und anderswo auf die Transporte zur Frankfurter Messe. Und wenn in einigen Jahren die Spanier wieder ihren Krieg gegen die aufsässigen Holländer fortsetzen, dann endet auch unser Tuchexport nach Gent, Antwerpen und Amsterdam."

Lutters Stimme war schwächer geworden, aber in der Stille klar zu hören: „Wir wissen, dass eine Zeitenwende begonnen hat. Unser Herzogtum Berg soll nun an den Pfalzgrafen von Neuburg fallen, den Schwiegersohn des Bayernherzogs, Gummersbach aber mit der ganzen Grafschaft Mark an den Brandenburger. So haben sich die beiden verständigt und jeder für sich fremde Soldaten in sein Land geholt. Nebenan in der Mark liegen jetzt niederländische Söldner, bei uns liegen die Spanier, die uns das Geld und die Nahrung nehmen. Dabei standen zu Zeiten unseres guten Herzogs Wilhelm seine Länder wegen ihres Reichtums in so hohem Ansehen, dass der König von England Heinrich der Achte um die Hand seiner Tochter anhielt. Als ich nach dem großen Brand gemeinsam mit anderen unseren neuen Marktbrunnen baute und wir dort voller Stolz dort unsere alten ehrbaren Hausmarken anbringen ließen, glaubten wir an eine neue, bessere Zukunft. Dann aber starb der Jungherzog in Rom und sein Bruder zeugte keine Nachkommen, obwohl doch seine Frau, die ich selbst gesehen habe, so schön war. Die mächtigsten Adligen rissen mit Hilfe des Kaisers das Regiment an sich und bekämpfen sich gegenseitig, während die auswärtigen Erben wie Aasgeier auf den Tod des entmachteten Herzogs warteten. So sterbe ich denn wohl allein in der Hoffnung, dass Gott, unser Herr, Erbarmen habe möge mit unserem Land."

Der alte Lutter schloss die Augen und senkte ein wenig den Kopf. Keiner seiner Söhne ergriff das Wort. Die Magd kam herein mit einem Krug heißer Honigmilch, füllte die Becher auf dem Tisch und legte Holz im Ofen nach.

Niclas sah auf das, was ihre weit geöffnete Bluse gerne preisgab. Die entblößten Frauenkörper auf dem Gemälde von Rottenhammer gefielen ihm aber besser. Ob es dieser Anblick war, die heiße Milch, die zunehmende Wärme des Kachelofens oder die in ihm aufsteigende Wut über die Untätigkeit der adligen Elite im Herzogtum, jedenfalls merkte er, wie er von einer große Unruhe erfasst wurde. Er würde das, was Vater über den Zustand des Landes gesagt hatte, nicht einfach hinnehmen. Er, Nikolaus von Langenberg, Doktor beider Rechte, Rat einer Königin und eines Kurfürsten, war nicht irgendjemand, er werde seine Stimme erheben und zur Vertreibung der fremden Soldaten aufrufen.

Melchiors Stimme unterbrach die Stille. „Nun ist auch noch der religiöse Eifer dabei, das Land gänzlich zu ruinieren. Wir haben doch friedlich zusammen gelebt, Katholiken und Lutheraner. Bei uns brauchte man dazu nicht einmal den Augsburger Friedensschluss, der die durch Luther ausgelösten Streitigkeiten in vielen Teilen des Reichs schlichtete. Jeder konnte seines Glaubens sein, wenn er denn nur ein guter Christ war. Nun aber überziehen calvinistische Prediger aus Holland das Land mit ihren Hassreden gegen den Papst und die heilige Eucharistie. Sie halten sich durch göttliche Vorbestimmung, die sie Prädestination nennen, für auserwählt, reißen in den Kirchen die Bilder von den Wänden und zertrümmern die Statuen der Heiligen. Verächtlich oder hochnäsig mitleidsvoll blicken sie auf Andersgläubige herab, auch auf die Armen, denen sie andichten, nicht zu den Ausgewählten Gottes zu gehören, sonst hätte der Herr ihnen ja schon auf Erden Wohlergehen geschenkt. Auch die Juden halten sich für das Volk Gottes, aber man soll sie in Ruhe lassen, denn sie bleiben unter sich, wollen andere nicht überzeugen und sind auch in allen Staaten der Welt von der Mitbestimmung ausgeschlossen. Den calvinistischen Hetzern aber sind bereits die Niederlande, die Schweiz, viele Reichsgrafen und sogar der Kurfürst von der Pfalz in die Hände gefallen, jüngst, wie man sagt, auch der Kurfürst von Brandenburg. Man munkelt, dass nun auch in Böhmen ein Calvinist zum König gewählt werden soll. Wenn auch noch Kursachsen an diese Fanatiker fällt, wird bald ein Calvinist zum Kaiser gewählt. Österreich und Bayern werden das nicht zulassen, und ein großer Krieg wird ausbrechen, der das ganze deutsche Reich in den Abgrund stürzt."

Niclas hielt es nicht mehr auf seinem Stuhl. Er sprang auf, seine Stimme überschlug sich fast. Er werde mit flammenden Worten eine Flugschrift über die schrecklichen Zustände in den Herzogtümern Jülich, Kleve und Berg schreiben, in der er die Mitglieder der Landtage, Adel und Bürger, dazu auffordert, sich zu bewaffnen, um alle fremden Soldaten zu vertreiben. Auch solle der Kurfürst von Brandenburg sofort an den Niederrhein kommen und in Kleve oder Düsseldorf seine Residenz nehmen. Was macht er überhaupt in Preußen, in einer Wildnis, wo die Menschen mehr Heiden als Christen sind? Nein, der Kurfürst solle hier im Land der Anführer eines großen Heeres aus einheimischen Rittern sein, die ihren Harnisch wieder von der Wand nehmen und tapfer kämpfend alle Fremden aus dem Land treiben müssten. Verhandlungen würden nichts nutzen, wenn der Feind bereits über die Mauern gestiegen sei. Timon von Lintelo, ein Vetter seiner Frau, sei nun Anführer einer gefürchteten Reiterei; er werde sicher mit Rat und Tat zur Seite stehen.

Der alte Lutter Langenberg hob langsam seinen Kopf. „Hüte Deine Zunge, Niclas, hüte Deine Zunge! Die Mächtigen lassen nicht mit sich spaßen. Die Fürsten brauchen ihre Adligen nicht mehr wenn sie Söldner haben. Und sie brauchen ihre Städte nicht mehr um Geld zu bitten, denn sie holen es sich mit den Spießen und den Gewehren ihrer Soldaten."

„Ohne Mitstreiter" fuhr Lutter fort, kannst Du nichts erreichen, Niclas. Die Adligen im Landtag sehen nur hochnäsig auf dich herab. Deine Mutter ist zwar eine von der Leyen aus altem Adel, aber ihr Vater hat eine Bauerstochter zur Frau genommen und seine Söhne treiben Bergbau. Melchior ist nur mit der Tochter des geadelten Juristen Doktor Nabelverheiratet, der sich jetzt auf Lateinisch Omphalius nennt. Und Gottfrieds Braut Christina Quad von Isengarten stammt zwar von Vaters Seite aus ältestem Bergischen Adel und ihre Mutter von Stetten aus der Reichsritterschaft in Franken, doch Christina ist arm, sehr arm. Bei Deinem Freund Adam von Schwarzenberg ist das ganz anders. Er ist von altem Adel und beim Kaiser in hohem Ansehen, weil sein Vater den Türken in Ungarn eine große Festung abgenommen hat. Er weiß wohl auch gut, wie man mit dem alten Kurfürsten umgehen muss, sonst hätte ihm Johann Sigismund nicht zwei Kirchspiele geschenkt. Halte Dich an Adam und tue, was er sagt! Ich kann mir nicht vorstellen, dass ihm Deine Pläne gefallen."

Man sprach noch lange über die von Niclas vorgebrachte Absicht, als Gesandter der Landtage aller niederrheinischer Länder dem in Königsberg weilenden Kurfürsten die Sorgen und Nöte seiner Untertanen im Westen des Reiches vorzutragen. Erst spät fand Niclas in seiner Schlafkammer Ruhe; zu sehr bewegten ihn die Gedanken an die geplante Abfassung seiner Flugschrift, die Adel und Städte in den Herzogtümern Jülich, Kleve und Berg und in den Grafschaften Mark und Ravensberg aufrütteln sollte.

Am nächsten Morgen verließ Niclas früh das Haus. Er hatte einen langen Ritt nach Köln vor sich. Während Aaron die Pferde sattelte, ging Niclas noch einmal zum Marktbrunnen, wo er als Junge so oft gespielt und die Mägde, die frisches Wasser für die Küche holten, immer wieder nass gespritzt hatte. Auch jetzt, nach so vielen Jahren, waren ihm die Hausmarken der alten Handwerkerfamilien auf der Brunnenumrandung vertraut. Dort, wo der Stein die väterliche Wolfsangel und die drei Kettenglieder der mütterlichen von der Leyen zeigte, beugte er sich über den Brunnenrand und sah, wie sich auf der glatten Wasserfläche die kleine Löwenfigur spiegelte, die in der Mitte des Brunnens aufgestellt war. Langsam färbte sich das Wasser in der Morgensonne rötlich, dann rot. „Niclas" hörte er eine Stimme rufen. Grete war ihm zum Brunnen gefolgt und stand ihrem Bruder jetzt lachend gegenüber. Einen kurzen Moment lang spiegelte sich ihr Gesicht, umhüllt von kastanienroten Haaren, in der Wasseroberfläche, die jetzt feuerrot glänzte. Niclas verspürte einen leichten Windstoß, der die Wasseroberfläche bewegte, und es schien ihm, als versinke Gretes Kopf in einem Meer aus Feuer und Blut.

Als er gegen Mittag am Bensberger Schloss vorbeiritt, grüßten ihn in der Ferne die hundert Kirchtürme des *hilligen Cöllen*. Sofort fielen ihm die ersten Strophen eines alten Lobgedichts auf die ehrwürdige Stadt ein:

Gaude felix Agrippina, sanctaque Colonia,
Sanctitatis tuae bina gerens testimonia.
Poistquam fidem suscepisti, civitas praenobilis,
Recidiva non fuisti, sed in fidem stabilis.

[Freue Dich, glückliches Agrippina, du heiliges Köln, dessen Heiligkeit mehrfach bezeugt ist. Nachdem Du, vornehme Stadt, den Glauben angenommen hast, bist Du von diesem nicht abgefallen, sondern im Glauben treu geblieben.]

Zwei Erzbischöfe hatten versucht, in Köln die Reformation einzuführen, aber sie waren gescheitert. Nun saß der bayerische Wittelsbacher Ferdinand als Verwalter seines von der Bischofswürde zurückgetretenen Onkels Ernst in der Residenzstadt Bonn, von den Jesuiten erzogen, kompromisslos konservativ in Glaubensfragen, ganz anders als sein Onkel, der als Kurfürst von Köln lieber in den Wäldern Westfalen der Jagdlust frönte, mit seiner jungen Mätresse Kinder zeugte, Gänseleberpastete aus Lüttich für seine Tafel holen ließ und mit seiner Hofkapelle unter Maestro Joannino Favereo Reichstage und den Kaiserhof in Prag besuchte, um dort in päpstlichem Auftrag den altersschwachen Kaiser Rudolf zur Abdankung zu bewegen.

Niclas, der seinen katholischen Glauben nie verhehlte, war dem Koadjutor Ferdinand bereits mehrfach begegnet. Er mochte ihn nicht, sein Gesicht war verkniffen wie das eines Inquisitors, eine Speerspitze des zur Gegenreformation ausholenden Katholizismus. Und Sophia, seine Älteste, die jüngst ins Kölner Kloster Sankt Klara eingetreten war, unterstand jetzt, obwohl in der Freien Reichstadt wohnend, als Nonne Ferdinands Oberhoheit. Sophia, die ihrem Beichtvater wie eine rollige Katze ergeben war, hatte aus Protest gegen die Heiratspläne ihres Vaters das Gelübde abgelegt und durchgesetzt, dass ihr Beichvater, ein stattlicher Mann im besten Alter, auch im Kloster für sie zuständig war.

Das Bellen eines wütenden Hundes riss Niclas aus seinen Gedanken. Er hatte Mühe, sein erschrockenes Pferd im Zaum zu halten. Er musste mehrfach hart in die Zügel greifen und spürte beim Vorbeugen das Halsband seines Umhangs wie einen Würgegriff. Grete im Feuer und Sophia in der Hand eines Würgers, warum diese abwegigen Gedanken?

KÖNIGSBERG

*Herbst 1617 Reise von Köln nach Königsberg zu Kurfürst
Johann Sigismund von Brandenburg*

Es war kurz vor Sonnenaufgang, als Niclas an Bord des
holländischen Frachtkahns ging. Er lag tief im Hafenbe-
cken vor Obenmarspforten. Am Vortag hatten die Arbei-
ter das Schiff mit Weinfässern von der Mosel und Bier-
fässern aus den Kölner Brauhäusern beladen. Zwei Kisten wurden noch kurz vor der Abfahrt unter Bewachung
durch Stadtsoldaten in die Kajüte des Kapitäns gebracht.
Eine der beiden enthielt, wie Niclas später erfuhr, Becher
und Kannen aus vergoldetem Silber, bestellt von reichen
Kaufleuten aus der aufstrebenden Hafenstadt Middelburg
in Seelaand. In der zweiten Kiste befanden sich Porträts
dieser Kaufleute, angefertigt in der Malerschule des Bar-
thel Bruyn in Köln, dessen weithin berühmte Kunstfer-
tigkeit Niclas mehrfach in den Häusern der Ratsherren
bewundert hatte.

Als der Kahn ablegte, in die Strommitte dreht und mit
der Strömung langsam Fahrt aufnahm, ließ die aufgehen-
de Sonne das Panorama der Stadt in einem klaren, fast
unwirklichen Licht erscheinen, fast so, wie es Anton
Woensam 1531 in seinem Holzschnitt so eindrucksvoll
dargestellt hatte. Nur fehlte bei Woensam noch der hohe,
achteckige Turm des Nassauer Hofes, den die Grafen erst
vor etwa dreißig Jahren am der Stadtmauer zum Rhein
hin hatten errichten lassen.

Er war von einem tiefen Gefühl des Stolzes erfüllt. Er,
Nikolaus von Langenberg, Doktor beider Rechte, war es,
der die Ritterschaften und Städte aller drei Herzogtümer
am Niederrhein, Jülich, Berg und Kleve und die der bei-

den westfälische Grafschaften Mark und Ravensberg mit seiner im letzten Jahr gedruckten Schrift *Einfeltiger Discurs darinnen der Gülischen Landt und Leutte betrübter und gefehrlicher zustandt* aufgewühlt hatte. Er war es, der alle Adligen und Bürger, von Sinzig bis Emmerich, von Aachen bis Bielefeld, geeint hatte, bei ihnen ein Bewusstsein geschaffen hatte, gemeinsam ihre Forderung an Kurfürst Johann Sigismund von Brandenburg zu richten, er solle nach Düsseldorf oder Kleve kommen, um hier zu regieren und mi einem großen Heer aus einheimischen Rittern die fremden Truppen aus dem Land zu treiben. Mehr noch: Er war es, der jetzt als Gesandter und Sprecher aller Stände der fünf im Widerstand geeinten Länder nach Königsberg reist, nicht als untertäniger Bittstelle, sondern als aufrecht vor einem Reichsfürsten stehender Volksvertreter. Ja, das Volk, das er vor acht Jahren dem Brandenburger als ihrem neuen Landesherrn hatte huldigen lassen, stand für ihn über allem. Der Fürst aber, das war seine feste Überzeugung, hatte die Pflicht, zum Wohle seiner Untertanen und in den Landtagen gemeinsam mit deren Vertretern zu regieren. Deutlich hatte Niclas in seinem *Discurs* zum Ausdruck gebracht, dass ein Fürst, der das nicht tat, ein Despot sei, gegen den sich das Volk erheben dürfe so, wie es derzeit mit Recht die Niederländer gegen den König von Spanien täten.

Er dachte an Gertrud. Zitternd und weinend hatte sie beim Abschied in seinen Armen gelegen, ihn angefleht, demütig zu sein, wenn er in Königsberg vor seinem Herrn, dem Kurfürsten, stehen werde. Sie kannte nur allzu gut sein schier zügelloses Temperament, nicht nur im Ehebett. Sie liebte ihren Mann auch jetzt noch, zwanzig Jahre nach ihrer Hochzeit.

Als das Schiff in Düsseldorf hielt, um einige Fässer mit dem in der Stadt so beliebten dunklen Bier aufzunehmen, kam eine fünfköpfige Delegation aus den führenden Vertretern der Herzogtümer Jülich, Kleve und Berg sowie aus den Grafschaften Mark und Ravensberg zu einer kurzen Unterredung an Bord. Sie besprachen mit Niclas letzte Einzelheiten und übergaben ihm Instruktions- und Empfehlungsschreiben für seine Gespräche mit Kurfürst Johann Sigismund in Königsberg und einigen anderen wichtigen Persönlichkeiten. Zu diesen wichtigen Ansprechpartnern gehörte auch der in den Niederlanden sehr einflussreiche Christof Sticke, der über beste Kontakte zu den in den Niederlanden einfluß0reichsten Männern verfügte.

Am nächsten Mittag erreichte der Frachtkahn Nymwegen, wo ein Teil der Ladung gelöscht wurde. Gegen Abend ließ der Kapitän den Anker in der Nähe eines kleinen Fischerdorfes werden. Die Fahrt am folgenden Morgen im leichten Herbstnebel führte über den holländischen Niederrhein zum Hafen Utrecht. Für den Weg nach Amsterdam fand Niclas ein kräftiges Reitpferd, das ihn in die aufstrebende Handelsstadt brachte.

Dort fand Niclas freundliche Aufnahme bei Sticke, mit dem er einige Jahre im Rat des Markgrafen Ernst in Düsseldorf gut zusammen gearbeitet hatte. Oft hatten sich die beiden in einer Dreierrunde mit dem französischen Gesandten Hotman über Kunst, Philosophie und Politik unterhalten. Nun machte Sticke aber die Falschmünzeraffäre seines Bruders Henrik zu schaffen und er musste sich ins Privatleben zurückziehen. Der Markgraf hatte ihm als Dank für seine treuen Dienste die kleine Herrschaft Bresken an der Mündung der Schelde in die Nordsee versprochen, wohin er sich nun zurückziehen wollte.

Sticke, dessen Vater als Bürgermeister von Deventer immer gute Beziehungen nach Köln gepflegt hatte, hörte Niclas aufmerksam zu. Die Zahl der Flüchtlinge aus dem Umland der Stadt nehme ständig zu, berichtete Niclas; von den Kanzeln spreche man mehr und mehr von Hexerei und im Volk nehme die Abneigung gegen die Juden zu. Er könne aber nicht sagen, welche Krise am meisten an der Verbreitung dieser Meinungen interessiert seien. Es seien wohl eher einflussreiche Kölner Kaufleute, die unliebsame Konkurrenten durch üble Nachrede ausschalten wollten. Der neue, dem Papst treu ergebene Orden der Jesuiten stünden dieser Entwicklung wohl eher kritisch gegenüber.

Beim Abschied erwähnte Sticke noch, dass er mit großem Interesse Niclas' *Discurs* gelesen und auch ein Exemplar nach Antwerpen zu Rubens geschickt habe, der jetzt viel in diplomatischen Dingen unterwegs sei. Der Maler habe das Ohr der französischen Königin gewinnen können, die, wie man hörte, bei dem Meister große Bilder in Auftrag gegeben habe. Rubens habe ihm geschrieben, dass er ein Bild zum Triumph der Skythenkönigin Tomiris über den Perserkönig Kyros malen wolle, eine Szene, die ja auch Niclas in seinem *Discurs* ausführlich erwähnt habe.

Sticke gab seinem Gast die Hand. „Eure Mission, Doktor Langenberg, ist von größter Bedeutung. Ihr seid im Auftrag bedeutender und sehr wohlhabeender Länder unseres Heiligen Römischen Reiches Deutscher Nation mit einer Aufgabe betraut, von deren Ergebnis das Schicksal vieler Menschen abhängt. Es geht um die Freiheit unserer Länder, es geht um den Sieg von Toleranz oder um den Krieg zwischen engstirnigen Ideologien, die meinen, allein im Besitz der Wahrheit zu sein. Ich wünsche euch in Königsberg viel Glück bei der Wahl der richtigen Worte bei Kurfürst Johann Sigismund."

Die mächtige Handelskogge verließ Amsterdam im Morgennebel und nahm Kurs auf Jütland, dessen Küste sie nach einer stürmischen Fahrt über die Nordsee nach vier Tagen erreichte. Das Wetter beruhigte sich und nach weiteren zwei Tagen konnte in Kopenhagen der Umschlag der Handelsware beginnen. Tuchballen, Kisten mit feine Spitzenarbeiten, Möbel, Bier- und Weinfässer verließen das Schiff, an Bord kamen Getreide, Fässer mit verschiedener Fischsorten, Tran und Honig sowie Kisten mit Tafelgeschirr aus Silber.

Vier Tage später erreichte Niclas Königsberg und hatte dort, da der Kurfürst sich noch auf der Jagd in den wildreichen Wäldern Preußens befand, die Gelegenheit, am Hof erste Gespräche zu führen. Er musste aber feststellen, dass sich scheinbar niemand sonderlich für seine Belange interessierte. Erst nach einer Woche wurde die Rückkehr des Kurfürsten und seines Gefolges aus der Rominter Heide im Schloss gemeldet.

Johann Sigismund, klein und gedrungen, erschien als erster im Eingangssaal, begleitet von Wilhelm Kettler, eine riesenhafte Gestalt mit bärtigem Gesicht, und dessen Bruder Johann Kettler. Dahinter folgten der Oberjägermeister Brynen mit fünf Treibern. Die Ankömmlinge, verdreckt und mit verklebten Haaren, verbreiteten einen penetranten Gestank nach Bier, Schweiß und Fäkalien.

Niclas kannte Brynen sehr gut. Gemeinsam mit ihm hatte er vor acht Jahre in den rheinischen Herzogtümern die Erbhuldigung für Brandenburg entgegen genommen, Auch Johann Kettler war für Niclas kein Unbekannter, ein bergischer Adliger, Inhaber des Rittersitzes Nesselrath, mit dem man offen reden konnte. Wilhelm Kettrler, Herr zun Amboten und Essern in Kurland, so hatte Niclas gehört, sei weitaus wohlhabender als der Kurfürst. Bei zahllosen Raubzügen habe er im benachbarten Russland mehr und mehr Reichtümer angesammelt. Allein sein Gold- und Silberschatz wurde auf fast 400.000 Reichstaler geschätzt, und er galt als der tatsächliche Herrscher in Kurland, nicht der dort als Herzog eingesetzte kleine Jacob, ein Neffe des Kurfürsten.

Am späten Nachmittag gab Johann Sigismund einen großen Empfang für Niclas, den Gesandten der rheinischen Herzogtümer. Im Audienzsaal hatten sich alle eingefunden, die ihren Einfluss geltend machen wollten auf den von unmäßigem Biergenuss aufgedunsenen, von einem Schlaganfall gekennzeichneten Mann, der nur schwer seine Worte fand und sich ständig sein Kinn von dem Speichel reinigte, der ihm aus dem Mund lief.

Vor diesem viel zu früh gealterten Mann hielt Niclas mit kraftvoller Stimme seinen Vortrag, vor diesem Johann Sigismund aus dem Haus Hohenzollern, Kurfürst des Heiligen Römischen Reiches, der durch das Erbe seine Frau Anna berechtigte Ansprüche auf die im Westen des Reiches gelegenen Herzogtümer Jülich, Kleve und Berg sowie auf das zum Königreich Polen gehörige Herzogtum Preußen an der Ostsee hatte; zudem waren der Herzog von Kurland und der Großfürsten von Litauen mit Hohenzollerntöchtern verheiratet und deren Kinder seine Blutsverwandten.

Niclas sprach wie in seinem *Discurs* über den *hochbetrübten und gantz gefährlichen Zustand* der *Gülchischen Landen und Leuten*, klagte über die große Belastung der Menschen dort durch die Einquartierung spanischer und niederländischer Soldaten und bat den Kurfürsten, nach

Düsseldorf oder Kleve zu kommen, dort zu residieren und mit Hilfe der Einheimischen Adligen das fremde Militär zu vertreiben. Nein, Niclas bat nicht, er forderte. Seine Stimme ließ in keiner Weise eine Form von Zurückhaltung erkennen, wie es sich für einen Untertan bei einer an seinen Landesherrn gerichteten Bitte gehörte. Sein ganzes Auftreten drückte aus, dass er sich auf Augenhöhe wähnte mit Johann Sigismund, den er nicht um Hilfe bat, sondern aufforderte, seine Pflichten zum Schutz seiner Untertanen zu erfüllen. Ein Fürst, der sein Volk durch fremde Truppen schwer belaste, sei kein legitimer, kein gerechter Herrscher, sondern ein Tyrann.

Noch während er sprach merkte Niclas, dass es im Saal immer ruhiger wurde, am Ende seiner Rede war es vollkommen still. Niemand regte sich, auch nicht, als der Kurfürst einen silbernen Schlangenhautbecher mit Wein in die Hand nahm und Niclas für dessen Worte herzlich dankte. Er sei betrübt darüber, dass es seinen Untertanen am Rhein so schlecht ginge und er werde alles unternehmen, dies zu ändern, damit bald eine Besserung eintrete.

Seine Worte klangen offen und ehrlich gemeint, aber Niclas sah in ein teilnahmsloses Gesicht. Der Mann, auf den er seine ganze Hoffnung gesetzt hatte, nahm die Welt um ihn herum offenbar nicht mehr wahr. Dieser Johann Sigismund soll vor drei Jahren nach tiefer Gewissenserforschung mit Überzeugung vom Luthertum zum reformierten Glauben konvertiert sein, wie es Propagandaschriften aus Berlin und Heidelberg glauben machen wollten? Nein, das war unmöglich, der Kurfürst wollte es nur allen recht machen und war in seiner Naivität den Predigern gefolgt, die ihm den Glauben so einfach darboten, dass er es gut verstand, mehr nicht.

Unmittelbar nach der Danksagung des Kurfürsten nahmen die Stimmen im Saal wieder zu und die Gesellschaft wechselte in den großen Festsaal. Nach kurzer Zeit war die Tafel überreich gedeckt. Aus der Schlossküche brachte Diener Pasteten gefüllt mit kräftig gewürztem Fleisch vom Auerochs, Hirsch, Reh und Hase, von Fasanen, Wachtekn und anderen Vögeln, Mit duftendem Gemüse verzierte gebratene Gänse, Enten und Hühner wurden auf fein ziselierten Silberplatten angeboten. Neben Bier gab es tiefroten Malvasier aus Burgund. Die Hofkapelle mit Flöten, Gambe und Laute spielte Motetten von Monteverdi, ein Gesangstrio präsentierte neuartige polyphone Kompositionen der wittelsbacher Hofkapellmeister Orlando di Lasso und Ionnino Favereo.

Niclas sah sich um. Es war ihm aufgefallen, dass die Anwesenden in getrennten Gruppen zusammen saßen, die sich durch ihr Verhalten deutlich unterschieden. Rechts neben dem Kurfürst saß Wilhelm Kettler, ein bärtiger Riese mit einem Umhang aus feinstem russischem Nerz, abgesetzt mit strahlend weißem Hermelin. Um den Hals trug er eine Kette mit Gliedern aus honigfarbigem Bernstein, in die glänzende Bergkristalle eingelassen waren. Die goldenen Ringe an seinen Fingern trugen verschiedene Edelsteine, ebenso seine Ohrringe. Auf der anderen Seite Johann Sigismunds saß Brynen, der, wie es sich für einen Jäger gehörte, ein moosgrünes Gewand aus edlem englischem Tuch, um die Hüfte einen breiten Ledergürtel mit goldfarbenen Jagdmotiven, an seiner linken Hand ein schwerer goldener Siegelring mit seinem Familienwappen. Johann Kettler, der neben Brynen Platz genommen hatte, war ganz im Gegensatz zu seinem Bruder Wilhelm auffallend schlicht angezogen, ein Wams aus rotemTuch, dazu eine knielange, senkrecht in Schwarz und Weiß gestreifte Hose, die in modischer Form weit gefüttert war. Auch er trug nur einen Siegelring.

Deutlich getrennt von diesen Jagdgenossen redete der preußische Burggraf Dohna aus Schlobitten auf den jungen Kurprinzen Georg Wilhelm ein, flankiert von dessen ehemaligem Erzieher Johann von der Borch aus Westfalen und zwei Hofräten aus Berlin. Niclas meinte zu erkennen, dass der zukünftige Kurfürst ihn misstrauisch, ja etwas feindselig ansah.

Janusz Radziwill, Großfürst von Litauen, war eigens zum Empfang aus Vilnius angereist. Ab und an sprach er mit Dohna, widmete sich aber die meiste Zeit einer jungen Frau neben ihm, unter deren Rock er seine Hand verschwinden ließ.

Mehrere preußische Adlige, Lutheraner und Abkömmlinge ehemaliger Ordensritter, sahen blasiert in die Runde, so, als ginge sie das alles nichts an. Nur mit dem Gesandten des polnischen Königs wechselten sie ein paar Worte, gezwungenermaßen, wie Niclas zu erkennen glaubte, da sie es gewohnt waren, den König in Warschau gegen ihren Lehnherrn, den Herzog von Preußen, ausspielen zu können.

Johann Kettler hatte seinen Platz neben dem Kurfürsten verlassen und sprach Niclas an. „Doktor Langenberg. Unsere Familien kennen sich aus gemeinsamer Arbeit im jülich-bergischen Landtag. Wir haben dort seit mehr als hundert Jahren unsere alten Privilegien gegenüber unserem Landesherrn verteidigt. Aber die Zeiten haben sich geändert, sehr geändert. Sehr bald heißt unser Landesherr Georg Wilhelm, ein Spielball in der Hand seiner calvinistischen Ratgeber, denen religiöse Toleranz vollkommen fremd ist. Wie bei Radziwil in Litauen werden sie auch in Brandenburg, in Kleve und Berg die Bilder in der Kirche von den Wänden reißen und sie werden wohl noch unser ganzes Deutschland in Brand setzen, wenn dieser Dummkopf Kurfürst Ferdinand aus Heidelberg in Prag zum König von Böhmen gewählt wird. Habsburg und Wittelsbach werden das nicht hinnehmen. Womöglich werden dann auch unsere Gegner in Paris und Stockholm die Gelegenheit wahrnehmen, in den drohenden großen Krieg auf deutschem Boden einzugreifen. Doktor Langenberg, wir stehen am Beginn einer Zeitenwende, in der Euer Anliegen keinerlei Bedeutung mehr hat. Die Rheinlande und Westfalen werden, wie das ganze Deutschland überhaupt, nur noch Auf- und Durchmarschgebiet für die gewaltigen Heere der großen Mächte sein. Gott gebe, dass das, was ich sage, nicht eintreten möge."

Kettler machte eine kurze Pause, sah zu Boden und fuhr leise fort: „Nehmt Euch in acht, Doktor Langenberg, Georg Wilhelm mag Eure Worte nicht. Habt Ihr Eure Rede mit Adam von Schwarzenberg abgesprochen? Wohl kaum. Er ist klug, sehr klug, und er weiß sehr genau, seine Fähigkeiten richtig einzusetzen. Er hat in Düsseldorf eine enge Beziehung zu Georg Wilhelm, dem zukünftigen Kurfürsten, aufgebaut und verfolgt sein Ziel mit großer Umsicht. Er weiß, dass der Kaiser ihm die versprochene Reichsgrafschaft nicht geben kann, also wird er sich an Brandenburg hängen. Er will ein Stück aus der Grafschaft Mark herausbrechen, wo sein neues Schloss Gimborn liegt."

Erneut unterbrach Kettler für einen Moment und sah Niclas scharf an: „Ich gebe Euch einen dringenden Rat. Kehrt nach Köln zurück und verlasst diese Stadt nicht; dort seid Ihr als Kölner Bürger sicher. Auch in Paris seid Ihr nicht mehr sicher. Eure Gunst bei der Königin wird Euer Nachteil sein, denn das Volk spottet bereits über Maria von Medici, die ihr Witwenbett nur allzu oft mit

Marschall d'Ancre teilt und nun ein Kind erwarte, dass so schwarz wie *ancre*, also Tinte sei."

Plötzlich machte sich eine große Unruhe breit. Burggraf Dohna und seine calvinistischen Gefolgsleute bekreuzigten sich und verließen fluchtartig den Saal. Wilhelm Kettler schlug sich begeistert auf die Oberschenkel und sang lauthals ein Lied zur fröhlichen Musik von Dudelsack und Leier, die nun den Ton angaben. Die preußischen Adligen verzogen keine Mine, als ein nackter älterer Mann mit langen weißen Haaren und einer großen Sanduhr in der linken Hand den Saal betrat. Mit der Rechten zog er einen Wagen, in dem ein junges, sich umarmendes Paar saß, beide ebenfalls nackt. Dahinter folgten mehrere junge, in leichte Umhänge gekleidet, die beim Tanz den Blick auf ihre wohl gebauten Körper freigaben.

„Salvete (Gegrüßt seid ihr) Saturn, Jupiter Maximus et Hera!" rief Wilhelm Kettler begeistert, „Das habe ich schon einmal erlebt, damals vor dem Schloss in Berlin, bei dem Besuch des dänischen Königs. „Saturn, du Gott der Zeit, du zeigst uns mit deiner Sanduhr, wie schnell alles vergeht. Genießen wir wie das junge Paar Jupiter und Hera das Hier und Jetzt!" Er griff nach einer der Tänzerinnen, eine andere bewegte sich provozierend mit der Hüfte schwingend auf den polnischen Gesandten zu. Niclas verließ den Saal.

Im Treppenhaus wurde er von einem Mann angesprochen, der sich als kurfürstlich mainzischer Kanzler Doktor Nikolaus Gereon vorstellte. Niclas stutzte. Er hatte gehört, dass der Erzbischof und Kurfürst von Mainz angeblich hektische diplomatische Tätigkeiten entfalte, um die wohl bald anstehende Wahl eines neuen Kaisers im

Sinne der katholischen Partei im Reich vorzubereiten und dazu seinen Kanzler an die Höfe der wahlberechtigten Kurfürsten schicke, um die politische Lage zu sondieren. Aber warum sprach ihn dieser Gereon, über den Burggraf Dohna jüngst ein Spottgedicht geschrieben hatte, jetzt an?

„Doktor Langenberg, wie ich hörte, habt Ihr in Köln den großen, am Rhein gelegenen Hof des Grafen von Nassau erworben, ein vortreffliches Anwesen, wahrhaft würdig eines so bedeutenden Mannes wie Ihr es seid." Niclas spürte eine tiefe Abneigung diesem Mann gegenüber, den Dohna als schleimigen Schmarotzer des Mainzer Erzbischofs im neuen Schloss Aschaffenburg abqualifiziert hatte. „Die Zeiten werden zunehmend unruhig und manch einer sucht jetzt einen sicheren Platz. Die Mauern Kölns sind auch für ein großes Heer unbezwingbar, das weiß jeder. Mainz und Aschaffenburg bieten keinen so guten Schutz. Es soll nicht Euer Nachteil sein, wenn Ihr an mich denkt, falls Ihr einmal beabsichtigt Euren Besitz in Köln zu veräußern. Ihr wisst, dass ich am Kaiserhof viel bewegen kann, und Ihr wollt doch sicher eher ein vom deutschen Kaiser geadelter Mann sein als nur ein Wappenträger von französischen Gnaden."

Niclas überwand seinen Ekel, der in ihm aufkam. Nur sein Verstand ließ ihn ruhig antworten, denn dieser Mann hatte einen Nerv bei ihm getroffen. Er dankte Gereon für die offenen Worte und versicherte, ihm umgehend eine Nachricht zukommen zu lassen, falls er einmal Köln mit seiner Familie verlassen müsse.

KLEVE

Sommer 1618 in der Schwanenburg zu Kleve

Anno 1618, im Augusto, wardt advertirt, wey daß zu Cleve einer gefencklich ingezogen, so Doctor Langenberg genent. Wey er nu ingesetz oben auff einem Gemach, ist er zu Rahtt gangen und gepractizirt, wey er der Haftung entledigt und frey werden muchte. Ist hengangen und ein Stuck von einnen Strick wey auch Bedlacken zusamen geflogten, dasselbe oben in dem Gemach fest gebunden, wann er sich vertrawett und sich also understanden hinab zu lassen. Da Langenberg nun einen Wassergraben durchqueren musste, zog er seine Hose aus, was eine alte Frau, in deren Häuschen unterhalb der Burg er sich verstecken wollte, dazu veranlasste, laut nach dem Burggrafen zu rufen. Sofort wurde ein Kopfgeld von 300 Reichstalern ausgesetzt, und wenig später fand ihn ein Reiter; *ist uff einer Karren gefurt und also weder bekommen und ist[er] dismahl in den Schwanen Torn ingesetzt worden.*

Der Weseler Chronist Arnold von Anrath, der diesen Fluchtversuch sehr anschaulich schilderte, war sich der Bedeutung des Vorgangs durchaus bewusst, auf die schon die ungewöhnliche Höhe des Kopfgeldes hinwies. Am Rand fügte er die Bemerkung hinzu: *Nota. Daß diß er Langenberg bey dem Branden- und Neuburg sehr groß ins Spell gewesen.*

KÖLN

Gottfried hatte von der Verhaftung seines Onkels Niclas erfahren. Als Hofmeister der Gräfin zu Schwarzenberg verließ er mit seinem Burschen Aaron in Begleitung zweier Knechte Gimborn und ritt über Gladbach nach Deutz. Diese kurkölnische Festung hatte bereits mehr als tausend Menschen aus dem Bergischen Land aufgenommen, die vor marodierenden Banden, vor Hunger und Vergewaltigung nach Deutz geflohen waren. Sie alle hatten die Hoffnung, im gegenüberliegenden Köln endgültig Schutz zu finden, wo sie aber von den Bürgern nur allzu gerne als billige Arbeitskräfte ausgebeutet oder von Zuhältern zur Prostitution gezwungen wurden.

Der Fährmann war nur schwer zu überreden; der Rhein sei stark gestiegen, die Strömung gefährlich und man wisse nicht, ob die Pferde ruhig blieben. Erst als Gottfried ihm einen halben Taler anbot, willigte er ein. Sie überquerten den Rhein in einem kleinen Fährboot und erreichten den Kölner Hafen an Obenmarspforten. Die städtischen Torwächter warfen nur einen flüchtigen Blick auf den Passierschein, wichtiger war ihnen das Trinkgeld.

Gottfried und seine Begleiter bestiegen sofort ihre Pferde und preschten die Uferstraße entlang in Richtung St. Kunibert, rechts die Stadtmauer am Rheinufer, links die hohen Giebel der Häuser, die schon Woensam in seinem Holzschnitt des Stadtpanoramas hundert Jahre zuvor abgebildet hatte. Vor dem Nassauer Hof, der das ganze Karree zwischen Penzgasse und Platzgässchen umfasste, hielten sie an, sprangen von den Pferden, und Gottfried lief zum Tor in der Seitengasse. Zwei Bettler, die vor dem Hoftor herumlungerten, rannten fort, eine ältere Hure entblößte kurz ihre Brust in der Hoffnung auf ein Stück Brot oder eine kleine Münze, folgte dann aber den Bettlern.

„Aufmachen, sofort aufmachen!" Gottfried riss an dem schweren Eisenring, aber das Tor bewegte sich nicht. Seine Stimme schallte laut durch die Penzgasse. „Hier ist Gottfried von Langenberg! Im Namen der Gräfin zu Schwarzenberg, Herrin zu Gimborn, öffnet das Tor!" Mit beiden Fäusten schlug er gegen die mächtigen Eichenbohlen. Im Haus rühret sich nichts. Gottfried und Aaron stiegen auf die Schultern ihrer beiden Begleiter und schwangen sich über die Mauer. Quiekend verschwanden Ratten unter einem Stein. Im Innenhof lagen Stoffreste, Teile von zerbrochenen Stühlen, Scherben und ein großer Bilderrahmen, aus dem man die Leinwand herausgeschnitten hatte. Es stank nach Fäkalien. Aaron schob den Balken beiseite, der das Tor verschloss, und die drei Männer folgten Gottfried, der bereits an der schmalen, aber hohen Türe des Haupthauses rüttelte. Mit einer Eisenstange wurde das Schloss aufgebrochen.
Das Hausinnere lag im Dunkeln, fades Licht drang durch die Ritzen der geschlossenen Fensterläden. Die Feuchtigkeit des Frühnebels war vom Rhein her durch die zerbrochenen Fenster in die Räume gedrungen. Alle Waffen und Rüstungen, die Gottfrieds Onkel Niclas vor drei Jahren zusammen mit dem Haus von dem Grafen von Nassau-Hadamar gekauft hatte, waren verschwunden.

Als Gottfried aus dem Keller ein Husten vernahm, fand er dort sechs armselig angezogene, verängstigte Kinder, das jüngste kaum drei Jahre alt. Friedrich, mit etwa vierzehn das älteste, erzählte, dass ihre Mutter Gertrud im letzten Herbst gestorben sei. Von seinem ältesten Bruder Lothar, dem Düsseldorfer Kanoniker, habe er schon lange keine Nachricht mehr und von der Schwester Sophia im Kloster Sankt Klara höre man seltsame Dinge, die er nicht verstehe. Wilhelm, der jetzt sechzehn sei, bringe sonntags immer Brot und Käse, manchmal auch Äpfel und Haselnüsse. Das reiche für eine Woche und man litte keinen Hunger. Immer wieder seien aber Bettler und anderes Gesindel ins Haus eingedrungen, weshalb man alle Türen und Tore so weit wie möglich verschlossen habe.

Gottfried versprach den Kindern, einige Wochen in Köln zu bleiben, um sich um das Haus zu kümmern, das jetzt im Auftrag der Gräfin von Schwarzenberg unter seinem Schutz stehe. Er werde auch in Erfahrung bringen, warum die Kölner Stadtgarde nichts gegen die Plünderungen unternommen habe.

Gottfried gab einem seiner Knechte den Auftrag, der Gräfin in Gimborn zu melden, dass sich der Nassauer Hof in einem üblen Zustand befände und dass seine Braut, die edle Jungfer Quad, das Hoffräulein der Gräfin, wegen der nötigen Renovierungsarbeiten noch einige Monate in Gimborn bleiben solle. Dann könne man hier im Langenbergschen Haus wohnen und in Sankt Kunibert vor Gott den Bund der Ehe schließen.

Den zweiten Knecht sandte er mit einem Dankschreiben nach Wipperfürth zu seinem Vater, der ihm großzügig 50 Reichstaler mitgegeben und ihm bei Levi Goldsteins Wechselstube am Neumarkt einen Kredit von 250 Goldgulden für die Vorbereitung der Hochzeit hatte einräumen lassen.

Zu Fuß machten sich Gottfried und Aaron auf den Weg zum Kloster Sankt Klara. Vorbei an Sankt Maria ad Gradus vor dem Chor der Domkirche, an der seit fünfzig Jahren nicht mehr weiter gebaut wurde, erreichten sie die Reste der Römermauer, an deren Ende ein Turm von den Klarissinnen seit vielen Jahren als Latrine benutzt wurde.

Doch bereits am Zeughaus mussten sie sich ihren Weg durch eine Menge laut singender und betender Menschen bahnen. Immer wieder hörte Gottfried das wie in einer Litanei ständig wiederholte

Ora pro nobis, Sancta Sophia, ora pro nobis.

[Bitte für uns, Heilige Sophia, bitte für uns.]

Er nahm an, dass heute der Tag der heiligen Sophia mit einer Prozession gefeiert werde und drängte sich mühsam vor zur Klosterpforte, vor deren Treppenstufen Frauen und Männer ehrfürchtig mit gesenktem Kopf knieten, die Hände zum Gebet gefaltet, einige barfuß mit zerrissener Kleidung, andere mit meisterhaft gearbeiteten Lederstiefeln in feine Wollmäntel gehüllt oder ihre gesellschaftliche Stellung durch Umhänge aus kostbaren Pelzen unterstreichend.

Auf sein kräftiges Klopfen hin öffnete sich in der niedrigen Pforte aus schwarz gestrichenen Holzbohlen nur ein kaum faustgroßer Durchblick. „Was soll das?" fauchte ihn eine Frauenstimme an, „In allen Heiligen Messen der Stadt wurde doch von der Kanzel herab verkündet, dass das Kloster geschlossen bleibt. Verschwinde! Sonst rufe ich die Stadtgarde!" Mit einem lauten Knall wurde die kleine Öffnung wieder zugeschlagen.

Aaron riet dazu, einen Freund oder guten Bekannten Doktor Langenbergs in der Stadt aufzusuchen, um zu erfahren, was im Nassauer Hof geschehen sei. Gottfried stimmte zu, gab Aaron einen Taler, um neue Kleidung für die Kinder zu besorgen. Er entschloss sich, Juristen Dr. Michael Kronenburg um Rat zu fragen, der vor mehr als zwanzig Jahren ein an Universitäten übliches öffentliches Streitgespräch, eine Disputation, mit seinem Onkel Niclas geführt hatte, kurz bevor dieser zur Promotion nach Würzburg gegangen war.

Mit den Worten *„Salve amice, magister aulici comitissae Schwarzenbergensis"* [Sei gegrüßt, Freund, Hofmeister der Gräfin von Schwarzenberg] winkte Kronenburg den Besucher freundlich in sein Haus, nachdem Gottfried sich kurz vorgestellt und ihn um Hilfe gebeten hatte. „Wie mir meine Älteste, die Klarissin Maria, mehrfach erzählt hat, ist seit einem Jahr ihre Mitschwester Sophia, die Tochter Doktor Langenbergs, im Kloster Sankt Klara religiösen Wahnvorstellungen verfallen. Und das Volk meint, sie sei eine – so nennen sie es - *lebende Heilige.*" Kronenburg sah, wie Gottfried blass wurde und ihn fassungslos anstarrte. „Ja, ja, sie beten zu Eurer Base und flehen sie an, bei Gott um die Verzeihung ihrer Sünden zu bitten. Sie verstehen, Herr Hauptmann, dass den Geistlichen in Köln so etwas gar nicht gefällt. Sie fürchten um ihre geistliche Alleinstellung und üben mächtig Druck auf Erzbischof Ferdinand und auf den Stadtrat aus, die diesem Treiben ein Ende setzen sollen. Jüngst behaupten sie sogar, Sophia sei vom Teufel besessen und man solle sie der Heiligen Inquisition unterziehen. Unter der Folter werde sie schon gestehen, dass sie eine Hure des Teufels sei und das Volk in die Irre führe."

Kronenburg senkte den Kopf und sprach langsam und nachdenklich. „Sehen Sie, Herr Langenberg, vor dreißig Jahren lebten wir in der Stadt noch friedlich zusammen, Katholiken und Lutheraner, auch luden wir die calvinistischen Studenten aus Deventer freundlich ein, mit einem Stipendium an unsere Universität zu kommen. Nun aber grassiert hier und in ganz Deutschland die religiöse Intoleranz. Der Rat musste dem Druck der Geistlichkeit nachgeben; er wies die Stadtgarde an, sich nicht um den Nassauer Hof zu kümmern und überließ ihn so dem vom Generalvikar aufgestachelten Pöbel. Die arme Frau des Doktor Langenberg! Wer weiß, was die Einbrecher und Diebe mit ihr angestellt haben. Sie war vollkommen schutzlos."

Sie setzten sich beide an den kleinen Tisch vor dem Aufsatzschrank, dessen ebonisiertes Holz mit Einlegearbeiten aus Perlmutt reich verziert war, die Szenen aus der antiken Mythologie zeigten. Die Magd brachte warm duftendes Weißbrot, eine silberne Kanne mit Wein und zwei gläserne Trinkkelche, wie Gottfried sie einmal auf einem Früchtestilleben von Pieter Claes gesehen hatte.

„Nun" fuhr Kronenburg fort, „ihr seid jetzt hier, ein großer kräftiger Mann, der seinen Degen wohl zu führen weiß. Ich werde mit meinem Schwager Balthasar Mülheim reden. Er ist seit zehn Jahren Ratsmitglied und hat dort großen Einfluss. Die Stadtgarde wird wieder ein Auge auf den Nassauer Hof werfen, weil inzwischen ..." Kronenburg zögerte einen Moment, „Wissen Sie, Hauptmann Langenberg, mächtige und reiche Personen interessieren sich für Ihren großen Hof. Neulich erhielt ich eine Nachricht aus dem neuen Schloss in Aschaffenburg, der jetzigen Residenz des Kurfürsten von Mainz. Sein Kanzler Doktor Niclas Gergon, der sich jetzt Nikolaus Gereon nennt, fragte, ob der Nassauer Hof jetzt zum Verkauf stehe, da Doktor Langenberg doch im Verließ der Schwanenburg eingekerkert sei, was bisher – so sagt man – noch niemand lebend verlassen habe. Er sucht eine sichere Bleibe hier in Köln, in der Stadt, die kein Heer der Welt erobern könne. Dieser Gereon ist ein sehr wichtiger Mann im Reich, denn bei ihm als Kanzler des Erzbischofs von Mainz, laufen alle diplomatischen Fäden für die anstehende Kaiserwahl zusammen. Und auch der alte Graf von Hatzfeld zu Crottorf liegt mir in den Ohren wegen Eures Hofes. Sein Sohn Melchior ist jetzt General der kaiserlichen Reiter und dessen kleiner Bruder Franz soll Bischof werden, vielleicht in Würzburg oder Bamberg. Vielleicht könnt Ihr durch Eure Braut dazu etwas in Erfahrung bringen, deren Großmutter doch eine Schaumberg war."

Gottfried erinnerte sich an einen Besuch mit Christina bei dem Burggrafen von Thundorf in Franken. Im nahe gelegenen Münnerstadt hatte sie ihm in der Kirche das Epitaph ihres Urgroßvaters Sylvester von Schaumberg gezeigt, das aus rotem Sandstein gearbeitete lebensgroße Halbrelief eines stolzen Reichsritters, der Martin Luther einmal seinen Schutz angeboten habe. Auch sei aus seiner Familie ein Bischof von Würzburg hervorgegangen.

Am frühen Nachmittag traf Gottfried wieder im Nassauer Hof ein. Aaron hatte inzwischen im Judenviertel neben dem Rathaus bei Samuel Goldenbogen nach einigem Feilschen preiswert Winterkleidung aus guter Wolle für die Kinder gekauft und danach in der kleinen Synagoge gebetet. Die Juden am Rathaus, berichtete er, seien in großer Sorge. Seit mehr als hundert Jahren hätten sie friedlich ihren Geschäften nachgehen können, nun aber würden sie als Kriegsgewinnler und Brothorter beschimpft. Dass man von den Anhängern des Martin Luther, der voll Hass gegen die Juden geschrieben habe, nichts Gutes erwarten könne, wisse man sehr wohl. Nun aber würden auch viele Calvinisten und Katholiken den Juden Übles nachsagen. „Erzbischof Ferdinand" fügte

Aaron hinzu, „soll jetzt auch in Bonn während einer Bußprozession dazu aufgerufen haben, dem Hexenunwesen ein Ende zu bereiten. Mein Gott, Herr Langenberg, werden bald wieder arme christliche Frauen auf den Scheiterhaufen landen?"

Am 17. Oktober 1620 heirateten in der Kirche Sankt Kunibert zu Köln Gottfried Langenberg und Christina Margaretha Quad von Isengarten, Tochter des aus dem Malteserorden ausgetretenen Johann Quad von Isengarten zu Ziehlenbach und der Euphrosina von Stetten.

GIMBORN

31. Oktt 1620 in Schloss Gimborn

Die Mittagssonne malte die bunten Glasfenster der Südseite auf den Boden der Gimborner Kirche. Sophia von der Leyen in der schwarzen Tracht der Witwe blieb vor dem überlebensgroßen Relief der Muttergottes stehen, vor der, in den Sandstein gehauen, Adam von Schwarzenberg kniete, den Helm auf einem Sockel mit seinem Wappen abgelegt, zu beiden Seiten je zwei Evangelisten. Das Epitaph war neu, es war gerade aus Köln angeliefert worden, wie Melchior erklärte, der mit seiner Mutter und seinem Neffen Dietrich Langenberg vor der Statue des Eremiten Antonius niederkniete. Gottfried und Christine Quad, die vor zwei Wochen in St. Kunibert in Köln geheiratet hatten, standen vor der Figur der Maria Salome. Es war still in der Kirche, völlig still. Erst nach einer Weile begann Sophia das Vater-Unser in lateinischer Sprache zu beten: „Pater noster, qui es in coelis ..." Es wurde wieder still. Melchior betete einige Stellen aus der Litanei, dann hörte man die traurige Stimme des dreizehnjährigen Dietrich, den Tränen nahe: „Lieber Gott, lass meinen Vater Niclas wieder frei, damit er wieder zu mir kommen kann. Bitte, lass die Herzen der wohlgeborenen Grafen Schwarzenberg sich erbarmen." Melchior räusperte sich, um das aufkommende Weinen zu unterdrücken. Dann wurde es wieder still.

Melchior hatte immer in der Kirche ein kurzes Gebet gesprochen, bevor er seinen Dienst im nahen Schloss begann, alleine oder während der Frühmesse in Begleitung der Gräfin Elise. Aber noch nie schien ihm der Weg zum Schloss so weit und so schwer wie heute. Es waren kaum zweihundert Schritte, am Burggraben entlang vorbei am mächtigen alten Turm, den Elise vor zwanzig Jahren als einziges Stück des alten Burghauses nicht hatte abreißen lassen, über die Zugbrücke bis zum Eingangstor, über dem das Wappen der gräflichen Familie prangte: Das erste und vierte Feld als Stammwappen von Blau und Weiß achtmal gespalten,

im zweiten und dritten in Gold ein Türkenkopf, dem ein Rabe ein Auge ausreißt, das vom Kaiser verliehene Zusatzwappen nach der Rückeroberung der Festung Raab durch Adolf von Schwarzenberg im Jahr 1599. Darunter die Inschrift ADAM GRAVE ZU SCHWARTZEN-BERG HER ZU GIMN VND HOHELANTZBERGH KHO MAYT ZV FRANCKREICH ST MICHAELIS ORDENSRITTER, die schon vor acht Jahren auf die Würde Adams als Ordensritter der königlichen Majestät in Frankreich hinwies.

Die vierzig Fuß lange und gut zwanzig Fuß breite Empfangshalle wurde durch Fenster aus drei verschiedenen Himmelsrichtungen beleuchtet und ließ die Feinheiten der Wandteppiche erkennen. Die Tapisserien zeigten Szenen aus dem Zyklus des Sage von Aeneas und Dido, erlesene Arbeiten aus den besten holländischen Werkstätten. Melchiors Bruder Johann Langenberg hatte fünf dieser Teppiche im Auftrag Adams jüngst aus Brüssel mitgebracht, zehn weitere sollten folgen.

Elise Wolf trug das dunkelgrüne Samtkleid, um den Hals eine Kette aus honigfarbenem Bernstein. Beides hatte Adam ihr aus Königsberg geschickt. Die Stulpen aus Brüsseler Spitzen an den Unterarmen strahlten blütenweiß. Die Ohrringe aus goldgefassten Rauchtopasen spiegelten den Glanz des Wiener Kronleuchters und der italienischen Wandlampen wieder, die den Empfangsraum trotz des regenverhangenen Himmels draußen in helles Licht tauchten. Das breite Goldarmband und die mit Edelsteinen besetzten Ringe – Meisterstücke Kölner Goldschmiedekunst - lenkten den Blick ab von den dürren Händen, an deren Oberseite die Adern hervortraten. Die breite Halskrause und das Kopftuch aus Spitzen umschlossen ein verhärmtes Gesicht einer viel zu früh zur Greisin gealterten Frau mit tiefen Falten, schmalen, eingefallenen Lippen und glanzlosen, müden Augen. Ihren Kopf hatte sie zurückgelegt, darüber im Holz der hohen Rückenlehne das Allianzwappen Schwarzenberg-Wolff.

Sophia von Langenberg hatte den Raum am Arm ihres Sohnes Melchior betreten, neben ihr Dietrich, Niclas' Sohn. Ihnen folgten Gottfried von Langenberg und Christine Quad. Alle verneigten sich kurz, und Melchior ergriff das Wort: „Verzeiht, Euer Gnaden, dass wir als Bittsteller kommen. Aber unsere Verzweiflung wächst von Tag zu Tag, und unsere einzige Hoffnung, die wir in dieser Not haben ist Eure Verzeihung und Eure Hilfe. Wir wissen, dass wir unsere Fortune, unser Glück, dem Ruhm des glorreichen Hauses Schwarzenberg zu verdanken haben und wünschen uns nichts sehnlicher, als den gnädigen Grafen Adam wieder unseren Patron nennen zu dürfen. Ich selbst hatte die Ehre, dem gräflichen Haus hier als Amtmann und meinen geringen Geist zur Mehrung der Herrschaft Gimborn einsetzen zu dürfen. Euer Gnaden haben mir geholfen, das edle Fräulein Omphal zu heiraten und meinem Neffen Gottfried, die edle Jungfrau Quad von Isengarten, Eure Hofdame, heimführen zu dürfen. Mein armer Bruder Niclas hatte seinen Ruhm nur Eurem Sohn, dem gnädigsten Herrn Grafen Adam zu verdanken, und dennoch war sein Geist verdunkelt, als er den Discurs schrieb und sich mit üblen Worten in Königsberg gegen die Reputation des Hauses Brandenburg verging."

Melchiors schwieg und Gottfried trat vor: „Hochedle Gräfin! Vor wenigen Tagen durfte ich im heiligen Köln mit meiner geliebten Frau Hochzeit feiern, aber der Nassauer Hof war voller Bettler und Huren. Das einst so stolze Haus meines Onkels Niclas, in dem ich einige Tage wohnen wollte, war völlig ausgeplündert, die Fenster zerbrochen und überall hausten Ratten. Dietrich und seine jüngeren Geschwister, die die Pest verschont hat, habe ich mitgenommen nach Wipperfürth, von den älteren wissen wir nichts. Gottes Vorsehung hat das Glück meines Onkels zerbrochen und ihm durch Höllenqualen seine Verfehlung vor Augen geführt. Ich bitte Euch um Erbarmen für ihn und seine Kinder."

Elise Wolf hatte mit regungslosem Gesicht zugehört, nur an ihren Händen, die krampfhaft die Enden der Stuhllehnen umschlossen, erkannte Sophia ihre innere Anspannung. „Komm mit, Sophia!" Elises Stimme verriet ihre Entschlossenheit, ihren Willen, eine Sache fortzusetzen, die keinen Fehler erlaubt.

Die beiden Frauen verließen den Raum durch eine zum Laubengang an der Südostseite führende Tür. Adam hatte den Plan dieser Renaissanceloggia von seiner Kavalierstour durch Italien mitgebracht und an ihr neben seinem Wappen auch das seiner Mutter anbringen lassen, einen von Ornamenten umgebenen Damenschild, ein auf die Spitze gestelltes Quadrat mit dem gevierten Schild der Familie Wolff-Metternich: Im ersten und vierten Feld in Blau ein dreilätziger silberner Turnierkragen, im zweiten und dritten in Silber ein steigender schwarzer Wolf, darunter die Devise SPES MEA CHRISTUS – Christus ist meine Hoffnung.

Als Melchior die Tür hinter den Frauen geschlossen hatte, schlug Sophia beide Hände vor das Gesicht. „Elise, was soll ich tun, er ist doch mein Sohn …". Ihre Stimme erstickte in einem lauten Schluchzen. „Setz dich und pass gut auf, was ich dir sage!" Elises Aufforderung klang nicht herrisch befehlend, eher auf das Folgende vorbereitend. „Du weißt genau, Sophia, warum Niclas so tief gestürzt ist. Oder zumindest ahnst du es. Du kennst Adam von Geburt an und hast dich nicht gewundert, als er das Fräulein Quad nicht wollte, obwohl sie schön ist und von edelstem Blut. Adam will mehr, viel mehr, und er wird es sich nehmen, wo immer er kann. Als meine geliebte Frau nach nur zwei Ehejahren starb, wurde sein Herz zu Stein. Er kennt nur noch ein Ziel: Er will wirklicher Reichsgraf werden, nicht nur auf dem Papier, und du weißt, wo! Hier, hier in Gimborn, Ründeroth, Gummersbach und Neustadt. Das ganze Amt wird er herausreißen aus der Grafschaft Mark. Dass der ganze Adel am Niederrhein und in Westfalen ihn deshalb als Todfeind des Landes sieht, kümmert ihn nicht mehr. Er braucht den Adel hier nicht mehr, er hat etwas viel Besseres." Elise beugte sich vor und sprach mit leiser, aber eindringlicher Stimme weiter: „Er hat den Kurfürsten, weil er dessen einfältige Seele kennt! Und er hat einen Traum, Sophia, einen großen Traum, den er nicht erreichen kann, das weiß er, aber er will ein Stück auf dem Weg zu diesem Traum gehen, ein möglichst großes Stück. Vielleicht kann sein Sohn, mein geliebter kleiner Enkel Johann Adolf oder dessen Sohn diesen Traum einmal erreichen. Du musst ihn kennen: In fünfzig oder hundert Jahren soll ein Palast der Schwarzenberg entstehen, nicht hier in diesem verregneten Gimborn und nicht in diesem kargen kleinen Berlin, sondern in der Stadt des Kaisers, in Wien, wo sein Vater, der den Türken die Festung Raab entriss, neben den Kaisern in der Augustinerkirche ruht. Es soll ein Palast mit einem Garten werden, so groß und so wunderschön, dass der Kaiser selbst dort gerne zu Gast ist."

Sophia hatte die Hände wieder heruntergenommen und schaute Elise ungläubig an: „das kostet Geld, sehr viel Geld, wie man es als Rat des armen Kurfürsten von Brandenburg niemals verdienen kann. Und das Haus Brandenburg ist jetzt kalvinistisch, und als Diener eines reformierten Herren wird man niemals etwas in Wien erreichen können!" Elises Blick wurde scharf: „Völlig richtig, aber das sagte ich bereits: Er wird ein Stück auf dem Weg dorthin gehen. Seinen Traum kann Adam nur auf Gold bauen, also wird er es sich nehmen. Dazu braucht er die Macht in Berlin, die alleinige Macht dort. Und er braucht einen Mann am Niederrhein, dem er vertrauen kann, weil er ihn kennt. Du weißt, wen ich meine." Elise schwieg einen Moment, dann beugte sie sich vor. In Sophias Gesicht erkannte sie zum ersten Mal Zeichen der Angst. „Sophia! Du und deine ganze Familie, deine Söhne und Schwiegersöhne müssen mit allem, was sie haben, dafür bürgen, dass Niclas niemals wieder irgendetwas gegen den Kurfürsten sagt oder tut. Mit Leib und Leben müsst Ihr dafür einstehen, dass er alles tut, was der Kurfürst hier in seinen Landem will, und dieser Wille ..." – über Elises Gesicht huschte ein Schatten wilder Entschlossenheit – „Dieser Wille ist der Adams! Wirst Du deinem Sohn das beibringen?" Mit dem Wissen, das nur eine Mutter von der Seele ihres Kindes haben kann, antwortete Sophia erschöpft: „Wir werden alles tun, was wir können und sollen. Es ist in Gottes Hand, ob Niclas deine Hilfe als Geschenk aufrichtig annimmt und beherzigt.

Der Himmel möge verhüten, dass sein aufbrausendes Gemüt wieder meint, für die Wahrheit, wie er sie sieht, kämpfen zu müssen. Er wollte nie begreifen, dass es in der Politik nicht um Wahrheit geht, sondern um den Willen der Mächtigen. Vielleicht hat ihn die Haft so gebeugt, dass er es verstanden oder zumindest akzeptiert hat. "

„Dein Sohn will doch adlig werden, oder etwa nicht mehr? Wenn er Adam bedingungslos folgt, kann er es erreichen, denn nur der Kaiser hat die Macht, einen Bürgerlichen in unseren Stand zu erheben. Dein Sohn wird eine zweite Chance bekommen." Elises Stimme wurde noch leiser und noch schärfer: „Sollte er es aber wagen, sich noch einmal auf die Seite des bergischen, klevischen oder märkischen Adels zu stellen oder ihn noch einmal aufwiegelt, dann wird Adam ihn vernichten. Er ist gnadenlos mit seinen Gegnern. Ich heiße Wolff, er aber ist ein Wolf, ein Leitwolf, der alle tötet, die ihm in die Quere kommen. Sag ihm das, so oft du es kannst!" Sophia nickte, griff vorsichtig nach Elises Händen und flüsterte: „Ich danke dir! Danke!"

Elise schaute zum Fenster hin, Sophia fühlte, wie sich die Hände der Gräfin entspannten, die nachdenklich und mit müder Stimme fragte: „Worin besteht eigentlich der Sinn unseres Lebens? Haben wir Frauen nur das zu tun, was unsere Männer und Söhne wollen, uns nach ihren Vorstellungen zu richten? Haben wir keine Träume, die wir erreichen wollen? Unsere Zeit in dieser Welt ist bald abgelaufen, der Tod ist nicht mehr weit. Was bleibt dann von dir und mir?" Sie schwiegen eine Zeitlang. Dann erst … Sophia: „Ich weiß es nicht. Aber wir wissen, dass unsere Wünsche und Hoffnungen nicht die der Männer sind. Keine Frau will Kampf und Krieg. Aber viele von uns kennen den Neid viel mehr als unter Männern. Ob die

Welt wirklich besser wäre, wenn Frauen sie regieren? Maria von Medici in Frankreich und Anna die Katholische in England waren keine guten Beispiele. Und wenn wir zu wählen hätten, würden wir dann wirklich noch Kinder in diese Welt voller Hass und Elend bringen? Ich weiß, dass du viele schwere Jahre hattest, du kannst, wenn die Zeit gekommen ist, ruhig sterben, denn du bist zweimal aufgestiegen und hast Adam, der seinen Weg macht und dich reich beschenkt hat." „Bin ich denn wirklich nur das, was mein Mann und mein Sohn ist", Sophia sah, dass Elises Augen feucht wurden, „wir Frauen dürfen kein Gymnasium besuchen, keine Universität, wir haben keinen Beruf und vor dem Notar und bei Gericht brauchen wir einen Mann, der für uns spricht. Adam hat seine Klugheit und seine Willensstärke von mir, nicht von seinem Vater, der nur ein Draufgänger war, aber das wird man nicht mehr wissen. Das alles ist nicht gerecht."

„Mit der Gerechtigkeit, Elise, ist es wie mit der Wahrheit: Beide sehen wir in unserem Herzen, nicht aber in der Welt. Dort werden Wahrheit und Gerechtigkeit von den Fürsten festgelegt, und wir alle haben uns danach zu richten. Warum Gott die Fürsten geschaffen hat, weiß ich nicht."

„Die Fürsten sind von Gottes Gnaden, bestimmt dazu, die Welt zu regieren. Wer das nicht erkennt, versündigt sich nicht nur an Gottes Vorsehung, er lebt auch gefährlich, sehr gefährlich." Elises Worte wurden wider eindringlicher: „Das muss auch Niclas endlich begreifen. Der Adel und die Bürger haben sich dem Willen der Fürsten zu unterwerfen, ohne Wenn und Aber. Adam hat mir das so erklärt und mir aus den Büchern von Machiavelli und Bodin vorgelesen. Ein Fürst ist nur an die Gebote Gottes gebunden, an sonst nichts. Sag das deinem Sohn!"

Am Abend, als die Langenbergs gegangen waren, schrieb Elise einen Brief an Adam, der sich beim Kurfürsten in Ostpreußen aufhielt. Sie bat ihn, sich für die sofortige Freilassung Niclas' einzusetzen, er solle eine entsprechende Anweisung an die Räte in Emmerich schicken, die Macht dazu habe er ja. Die Sache eile sehr, sonst werde der Gefangene den Winter nicht mehr überleben.

PARIS

1. Juni 1625 im Palais des Marquis Pierre Brûlard de Sillery, Vicomte de Puisieux.

Gestern erst war Niclas in Paris eingetroffen. Zwölf Jahre war er nicht mehr hier gewesen, aber die Erinnerungen an diese beste Zeit seines Lebens wurden sofort wieder wach, als er mit Aaron durch die Porte Maillot ritt. Nur langsam verließen die Gaukler, Bettler und Huren die überfüllte Stadt, die die Festlichkeiten zur Hochzeit der Prinzessin nicht versäumt hatten. An jeder Ecke hatte man ihn nach einem Geldstück gefragt oder ihm Liebesdienste angeboten. Immerhin hatte man die kleine Herberge neben der Kirche St. Sulpice unbeschadet erreichen und eine ruhige Nacht verbringen können. Den Kampf gegen die Flöhe und Kakerlaken hatte Aaron mit sehr viel Essig zumindest für sich entscheiden können. Schon beim Frühstück in der völlig verdreckten Wirtsstube hatte ihm eine hässliche Kreatur einen Brief mit dem Siegel des von Richelieu vor einem Jahr gestürzten Pierre Brûlard zugesteckt, in dem nur ein Satz stand: der Vicomte erwarte ihn noch heute am frühen Nachmittag. Seither hatte er sich den Kopf darüber zerbrochen, was dieser Mann, der zwanzig Jahre lang an höchster Stelle die Außenpolitik Frankreichs geleitet und von dem er Anno 1613 die Ernennungsurkunde zum Geheimen Rat Ihrer Königlichen Majestät erhalten hatte, von ihm, dem vom Niederrhein vertriebenen, so dringend wissen wollte.

Nun stand er vor dem Portal des Brûlardschen Palais, zupfte noch einmal die Ärmel seines Überrocks zurecht, fragte Aaron noch einmal, ob der Bart richtig gekämmt sei und ob das Wams mit den goldenen Bourbonen-Lilien auf blauem Grund gut zur Geltung käme.

Das mächtige, schmiedeeiserne Gitter wurde beiseite geschoben, die schwere Eichentür öffnete sich ein wenig, so dass er eintreten konnte. Auf einem Schachbrett aus weißen und schwarzen Marmorplatten schritt er zwischen roten, mit goldenen korinthischen Kapitellen versehenen Porphyrsäulen in eine fensterlose Halle, die nur von einigen Kerzen beleuchtet wurde, so dass Niclas den aufwendigen Kronleuchter in der Mitte des Raumes nur schemenhaft wahrnehmen konnte. Der Diener bat ihn in einen Nebenraum, dessen Wände holzvertäfelt waren. Die Decke war mit Stuck und Gemälden versehen, zwischen den beiden Fenstern hing ein fast bis zur Decke reichender goldgerahmter Spiegel, darunter stand eine Konsole, auf deren Tischplatte eine in feinster Goldschmiedearbeit gefertigte Uhr tickte, die auch den Stand der Planeten vor einem zierlich gemalten Sternenhimmel anzeigte. Der Diener verschwand und wenige Minuten später öffnete sich eine kaum erkennbare Tür in der Wand. Herein trat eine junge Frau, die ihn mit einem Hofknicks begrüßte und sich auf das große Sofa an der Kaminseite setzte. Sie war kaum achtzehn Jahre alt, hatte die rotblonden Haare modisch mit Goldfäden zusammengebunden und die Lippen leicht geschminkt. Das tiefe Dekolte ihres weit ausladenden Kleides schien Niclas ebenso vielversprechend wie ihre nackten Unterarme, die Wespentaille und die schlanken Fesseln. „Setzt Euch doch bitte neben mich, Monsieur." Provozierend wippte das Mädchen mit dem Fuß und lächelte einladend. Niclas sah keinen Grund, dieser Aufforderung nicht zu folgen und bemerkte erst jetzt den betörenden Duft eines Parfüms. Ein weicher Arm legte sich zart auf seine Schulter, die andere Hand des Mädchens suchte auf seinem Oberschenkel Halt. „Bienvenu im Haus des Vicomte. Er ist sehr beschäftigt und wir haben noch ein wenig Zeit" flüsterte sie, „was hat Euch nach Paris geführt?"

Niclas hatte Schwierigkeiten, sich zu konzentrieren. Er merkte, wie er zu schwitzen begann. Diese Masche kannte er. Wenn man den Partner unmittelbar vor einem wichtigen Gespräch verwirren konnte, dann hatte man eine Chance, ihm ein Stück Wahrheit zu entlocken. „Mademoiselle, ich bin geehrt, von einer so schönen Frau begrüßt zu werden." Er versuchte es zu ignorieren, als die Hand des Mädchens zwischen seine Beine fasste und ihr zart geschnittenes Gesicht immer näher kam. Ihr Rock hatte sich geteilt, und Niclas sah ihre nackten Beine. Sie erwartete offenbar keine Antwort auf ihre Frage. „Wenn Ihr Hilfe braucht, sagt es mir. Ich werde jederzeit für Sie da sein." Ihre Hand verließ seinen Oberschenkel und verschwand unter ihrem Rock. „Ich habe da noch etwas für Sie, Monsieur." Sie hauchte ihm einen Kuß auf die Wange, dann erschien ihre Hand wieder und hielt einen kleinen Lederbeutel, den Sie ihm reichte. „Ihr solltet Euch eine gute Wohnung besorgen und einen Modeschneider aufsuchen. Darf ich Euch dabei behilflich sein, vielleicht morgen nach der Mittagsruhe? Dann hätten wir abends sicher noch Zeit für andere Dinge. Mein Diener wird Euch zu meinem Haus führen. Ich heiße übrigens Nanette." Das Mädchen stand auf, verbeugte sich und verschwand in der Tür, aus der sie gekommen war. Niclas öffnete den wohl zwei Pfund schweren Beutel und starrte auf seinen Inhalt. Es waren Goldstücke, gute spanische Dublonen, wie sie immer noch in Frankreich beliebt waren, hundert Stück, rund zwanzig Unzen Feingold. Warum machte ihm Brûlard dieses Geschenk? Oder steckte Brûlards Freund Hotman dahinter? Aber warum?

Als Niclas eintreten durfte, nahm er als erstes den Geruch wahr, den er schon damals an Brûlard bemerkt hatte, diese Mischung aus einem sehr herben Parfüm, aus Urin und Sperma. Der Vicomte, sieben Jahre jünger als er, saß in einem mit geschnitzten Löwenköpfen geschmückten Sessel, der in Rot und Gold ausstaffiert war, den Farben seines Familienwappens. Hemd und Jacke waren aus einem mit Lilienmustern strukturierten Damast gefertigt, an der rechten Hand zwei überdimensionale Ringe, auf der Brust die Kette des Hl.-Geist-Ordens, dessen Großschatzmeister er war. Die Haare perfekt staffiert.

Brûlard schaute nur flüchtig auf, blätterte weiter in einem Papierbündel und murmelte nur halblaut, was er für den Rat der Majestät tun könne. Niclas bedankte sich für die Ehre des Empfangs. „Der Kurfürst von Brandenburg ist kaum noch Herr in seinem Land. Es ist besser für mich, meinen Dienst als Geheimer Rat ihrer Majestät in Frankreich wahrzunehmen. Wenn Ihr mich wieder bei Hofe einführen könntet …" Brûlard schaute aus dem Fenster. „Am Hof herrscht jetzt die widerwärtige Bestie Armand du Plessie, dieser Richelieu, aber ich werde ihn wieder zurückschicken in die Provinz, wo er herkommt, wie Anno 1617. Und dort werde ich ihn endgültig vernichten lassen. Mein Vater Nicolas und mein Schwiegervater Villeroy haben schon dem großen König Heinrich gedient und dann das Staatsschiff für seine - nun ja, wie soll man sagen? – nicht immer ganz umsichtige Witwe gelenkt. Und nun kommt dieser immer nach Kohl stinkende kleine Bischof daher. Wissen Sie eigentlich, dass fromme Mönche immer nur Kohl fressen, um ihre Lust nach Frauen zu dämpfen? Diese Ratte mit dem Kardinalshut will mich mit 50.000 Ecu abfinden, einfach lächerlich! Also gut, ich habe noch einflussreiche Freunde am Hof, die können Euch helfen, aber nehmt Euch vor den neuen Räten in Acht, die sind anders als wir, das werdet Ihr noch merken." Niclas wusste, dass das Gespräch damit beendet war und bedankte sich beim Verlassen des Raumes für das großzügige Geschenk. Brûlard schaute noch einmal kurz auf, er schien etwas verwirrt: „Geschenk? Welches Geschenk? Vielleicht werdet Ihr es noch bereuen, wenn man erfährt, dass ich es war, der Euch bei Hof bekannt machen lässt."

Noch am gleichen Abend verließ Niclas die Herberge an St. Sulpice und mietete eine Wohnung im Marais in der Nähe der Place des Vosges. Aaron hatte sie durch einen jüdischen Makler besorgt, der dafür zwei Écu im Monat verlangte. Ein stolzer Preis, aber die fünf Räume waren sehr gepflegt und stilvoll eingerichtet. Nanette kam immer montags und blieb ein oder zwei Tage.

7. August 1625 im Haus Jean Hotman

Schon wenige Tage nach seiner Ankunft hatte sich Niclas mit einem Brief an Hotman gewandt, der seit seiner Rückkehr aus Düsseldorf zurückgezogen als Privatgelehrter in Paris lebte. Hotman hatte mitteilen lassen, dass er sich sehr auf einen Besuch freue; er werde versuchen, eine Zusammenkunft von Gleichgesinnten zu arrangieren.

„Doktor Langenberg?" Die kleine Öffnung neben dem Portal ließ nur schemenhaft die Augen erkennen, die misstrauisch den Brief musterten. Der schmale, sich langsam öffnende Türflügel gab Niclas den Weg frei in ein schmales, aber helles Treppenhaus. Die Enge des Raumes wurde aufgehoben durch perspektivisch gezeichnete Torbögen, Statuen und Nischen mit antiken Vasen, pompejanische Malereien in Schwarz und Rot hoben mit ihrer Verspieltheit die architektonische Schwere des Tonnengewölbes auf.

„Der Marquis de Villiers wird Sie sofort empfangen. Er bittet Sie, im Atrium zu warten." Der Diener in römischer Kleidung ging voraus in einen rechteckigen Innenhof mit einem Wasserbecken, verneigte sich und verschwand unauffällig. Niclas schritt langsam durch den Säulenumgang, vorbei an den Marmorstatuen von Tacitus, Cicero, Seneca und Horaz, dazwischen wieder pompejanische Wandmalerei.

„Mein lieber Freund aus guten Tagen am Rhein! *Salve amice! [Sei gegrüßt, Freund!]*" Hotman fasste Niclas an beiden Schultern und küsste ihn auf die Wangen. Er hatte die Siebzig schon überschritten, aber seine strahlenden braunen Augen verrieten, dass er noch die Lebenskraft eines Fünfzigjährigen hatte. „Ihr kommt nach Paris in einer bewegten Zeit. Das Volk hat sich ergötzt an den Festen zur Hochzeit der Prinzessin, die heute abreist, und es weiß nichts von dem Anbruch der neuen Zeit." „Meint Ihr die Versöhnung des Königs mit seiner Mutter?" Niclas wusste, dass dies keine sehr sinnvolle Frage war, aber Hotman reagierte sofort: „Das ist das Werk Richelieus, er hat jetzt schon sein Ziel erreicht. Der König hat schon dem Drängen seiner Mutter nachgegeben und lässt es zu, dass jetzt auch der Pierre Brûlard aus dem Rat verdrängt wird. Das ist das wirkliche Ende König Heinrichs IV., das Ende der nachgiebigen Politik seiner alten Minister Brûlard, Villeroy und Jeannin. Der Adel will das nicht zulassen." Niclas schaute nachdenklich zu Boden. „Der aufständische Adel Frankreichs ist stark und der König kann nicht ohne ihn regieren." „Richelieu will die Unterwerfung unter den Willen des Königs, und seine Pläne reichen weit. Diese englische Hochzeit bindet London an die französische Krone; damit bekommt Richelieu die Hilfe der englischen Flotte und das Heer des Königs hat mit Schomberg einen hervorragenden General. Schomberg plauderte übrigens neulich von seinen Vorfahren, den Schönburg aus Oberwesel am Rhein. Ach ja, der Rhein!"

Hotmans Stimme änderte sich, wurde sanfter, fast verträumt. „Unsere gemeinsamen Jahre in Düsseldorf, lieber Doktor Langenberg, waren für mich ein goldener Herbst. Erinnert Ihr Euch noch an unsere Fahrten nach Köln, dieses wunderbare Köln. Die Weinberge an St. Pantaleon, das Brauhaus am Waidmarkt und diese blonde Ursula mit ihren Zöpfen. Ich war sechzig, sie wohl kaum fünfzehn. Kein Problem im heiligen Köln. An jeder Ecke konnte man ja eine Kirche finden um zu beichten, an jedem Tag des Jahres eine andere Kirche. Da fällt mir ein: Wenn gleich Doktor Grotius kommt, sollten wir nicht zu viel über Frauen reden, er mag das nicht. Ich weiß immer noch nicht, ob er ein Asket ist oder Männer bevorzugt." Hotman grimelte. „Bei Meister Rubens weiß man jedenfalls, wo man dran ist. Ach so, da fällt mir ein: Ihr solltet unbedingt mit Rubens sprechen. Ich werde Ihnen die Gelegenheit geben, ungestört mit ihm zu reden. Er will den Frieden in den Niederlanden, den Richelieu unbedingt vermeiden muss."

Der Diener trat ein und meldete, Doktor Grotius sei eingetroffen. Niclas hatte den holländischen Gelehrten nur einmal kurz während seiner Gesandtschaft nach Den Haag vor über zwölf Jahren gesehen. Als er Grotius die Hand gab, musste er an ein Gemälde des Melanchton von Lucas Cranach denken. Der Mann aus Delft war erst knapp über vierzig, sein hageres Gesicht mit der spitzen Nase, die schütteren Haare, die dürren Finger, das waren allzu deutliche Spuren seiner fast dreijährigen Haft, der er vor vier Jahren nur durch eine spektakuläre Flucht in einer Bücherkiste entkommen war. Er hatte sich, wie die meisten aus der niederländischen Oberschicht unter der Führung Oldenbarnevelds, auf die Seite der gemäßigten Calvinisten gestellt, die der Arminianer. Der Fanatismus der Hardliner einer ungeschmälerten Prädestinationsleh-re, wie von der Unterschicht gefordert wurde, war ihm fremd. Aber Grotius hatte auf die falsche Karte gesetzt. Prinz Moritz von Oranien hatte die Widerstandskraft eines ideologisch eingeschworenen Volkes erkannt. Oldenbarneveld hinrichten und seine Anhänger inhaftie-ren lassen. So musste auch Grotius – wie Niclas ein hu-manistisch gebildeter, politisch tätiger Jurist – die Jahre 1619 und 1620 im Gefängnis verbringen; nun lebte er schon vier Jahre im Pariser Exil.

Zeitlich gesehen waren sie Leidensgenossen, aber doch aus ganz unterschiedlichen Gründen. Für Niclas waren die langatmigen Ausführungen von Grotius „Über die Wahrheit der christlichen Religion" sinnlos. Was sollten diese theologischen Diskussionen zwischen Katholiken, Lutheranern und Reformierten? Sie führten doch nur zu neuem Zank und Streit, selbst auf das Minimum an theo-logischem Konsens, um das sich Grotius so sehr bemüh-te, werde man sich niemals verständigen können.

Niclas war froh, dass er mit Grotius nicht diskutieren musste, denn Rubens polterte in den Raum, ging strah-lend auf Niclas zu und umarmte ihn: „Salve amice! Gaude felix Agrippina sanctaque Colonia! Wie geht es Köln in dieser schweren Zeit? Ich liebe diese Stadt sehr, wo ich bis zu meinem zehnten Lebensjahr erzogen wurde, und habe oft gewünscht, sie wiederzusehen. Ich hörte Jabach sei jetzt vom Kaiser geadelt worden. Das alte Schlitzohr hat hart gehandelt um meine Tomyris. Mehr als 900 Taler wollte er partout nicht geben, weil er genau wusste, dass die Infantin das Bild nicht nehmen wollte." „Dem Käufer Eures Bildes nutzt der Adel nichts mehr, denn er ist tot", meinte Niclas und fuhr nach einem erstaunten Blick des Malers fort: „Den Pelzhändler Johann Jabach, den Ihr meint, hat der Schwarze Tod vor zehn Jahren hingerafft, auch alle seine Kinder außer der kleinen Catharina, die ich auf Bitten der unglücklichen Mutter, die auch nicht von der Pest verschont blieb, aufgenommen habe. Die Mutter hat mir auch das Bild anvertraut." Niclas erzählte kurz von der Ermordung seiner Frau und der Plünderung seines Hauses. „So, so," - Rubens blickte nachdenklich zur Seite - „Eberhard Jabach hat jetzt die Tomyris. Wer in Antwerpen geboren ist weiß, wie man Geld macht. Er zog von dort mit seinen Eltern nach Köln als ich selbst in Siegen geboren wurde. Mein Vater, selbst aus Antwerpen, war häufig Gast im Haus Jabach. Er hatte aber keine gute Meinung von diesen Leuten. Übrigens, ich habe vor, ein großes Bild von der Kreuzigung des heiligen Petrus zu malen. Ich hoffe, dass es vielleicht einmal am Grab meines Vaters bei Euch in Köln in St. Peter hängen wird."

Hotman führte seine Gäste in den Speiseraum, der sich durch große Türen zum Garten hin öffnete. Von draußen strömte das warme Licht des frühen Abends und der Duft von Rosen und Lavendel hinein. Wasser und Wein standen bereit. Eine breite Vase aus Limoge-Fayence mit antiken Motiven war über und über gefüllt mit Lilien, daneben ein aus Silber getriebener, reich verzierter Augsburger Deckelkrug und ein großer Korb voller

Früchte, Granatäpfel, grüne und blaue Weintrauben, Erdbeeren, Pflaumen und Zitronen. Blumen, Früchte, Silberkrug – Niclas dachte an Stilleben von Jan Breughel. An den Wänden mit goldfarbener Stofftapete hingen Gemälde und Kupferstiche mit Darstellungen kunstvoll angelegter Gärten.

Das Gespräch begann mit einigen Höflichkeiten, dann brachte eine Dienerin dampfende Artischocken, eine helle Soße mit Dijon-Senf und frisch gebackenes Brot. Die junge Frau hatte nach römischer Art die Haare mit einer goldenen Spange hochgesteckt, ihr Leinengewand mit einem Rand aus purpurfarbenem Mäander bedeckte nur die rechte Brust und ließ von der Seite ihre hohen schlanken Beine erkennen. Niclas dachte an Gertrud. „Nun, wie gefällt Euch meine Eurydike?" fragte Hotman und zog genüsslich das Fruchtfleisch mit den wenigen Zähnen, die er noch hatte, von einem Artischockenblatt. Rubens meinte, sie sei zu dünn; so etwas würde er nicht malen. Grotius bemerkte nur unwirsch, er halte nichts von diesen Frauen, die außerdem viel zu fett seien. Niclas hielt es für unangebracht, dass sich eine Frau vor Männern so entblöße, und fügte hinzu, als er ein Stirnrunzeln bei Rubens beobachtete, auf Gemälden und bei Skulpturen sei das natürlich etwas anderes. Hotman schüttelte den Kopf: „Jammerschade, wirklich jammerschade. Euch jungen Leuten fehlt etwas der Sinn für die Freiheit der Renaissance. Warum, Meister Rubens, malt Ihr eigentlich immer ein kleines Stück Stoff vor die Genitalien Eurer kraftstrotzenden Männer? Ein Michelangelo hätte das niemals gemacht. In Italien hat man, wie ich hörte, damit begonnen, den männlichen Skulpturen den Penis abzubrechen und ein Akanthusblatt auf die Hoden zu kleben. Das ist ja absurd!" Rubens wurde ein wenig verlegen und entschuldigte sich: „Ich bin im Dienst der Infantin und Ihr wisst, dass in Brüssel die Jesuiten das Sagen haben. Einige von Ihnen halten auch die Darstellung eines nackten Busens für Teufelswerks. Da muss man sich schon etwas in Acht nehmen. Gott sei Dank mögen die reichen Benediktiner und auch mancher Kanonikus aus reicher Bürgerfamilie meine üppigen Schönen."

„Ach ja, die Geistlichen!" Hotman schob das Artischockenherz in den Mund und lehnte sich zurück. „Ich verstehe nicht, Doktor Grotius, warum Ihr immer noch nach einer Wiedervereinigung der Christenheit strebt. Natürlich wäre es besser für das Abendland, wenn es von einem Kaiser und einem Papst regiert würde, aber die Wirklichkeit ist anders. Die Einheit ist seit Hus, Luther und Calvin verloren. Euer Bemühen, lieber Grotius, einen konfessionsübergreifenden Konsens zu finden, kann nur außerhalb der Schriften gelingen. Wenn das Christentum aber nicht mehr durch die von Theologen auszulegenden Schriften begründet werden, sondern nur noch auf „Naturrecht" beruhe, dann wären alle Geistlichen arbeitslos und verlören ihre satten Pfründe. Adel und Bürgertum, die am meisten davon profitierten, würden das nicht zulassen."

Der Diener brachte ein silbernes Tablett mit einer Makrele, einem Hecht und einer Scholle, die er filetierte und auf die Fayenceteller der Männer verteilte. Hotman bedauerte, dass Rubens in Kürze abreisen wolle, denn die Königin plane ein großes Fest zur Erinnerung an Ihre Hochzeit vor fünfundzwanzig Jahren. Der berühmte Jakopo Peri sei eingeladen worden, um sein Opus Eurydike, die damals im Palazzo Pitti in Florenz uraufgeführt worden sei, selbst zu dirigieren. Langenberg müsse unbedingt dort erscheinen; vielleicht ergebe sich sogar die Gelegenheit zu einem kurzen Gespräch mit der Königin.

Grotius äußerte sich sehr missfällig über Maria. Eine dicke Bankierstochter gehöre nicht auf den Thron Frankreichs, sie sei dumm, eitel und ruhmsüchtig und lasse sich zuerst von ihrem Höfling Concini und jetzt von diesem jungen Bischof Richelieu, diesem Schönling mit dem Kardinalshut, an der Nase herumführen. Es werde noch ein schlimmes Ende mit ihr nehmen. „Hütet Eure Zunge!" mahnte Hotman freundlich „Hier im Hause könnt Ihr offen sprechen. Draußen aber könnte Euch das sehr schaden. Die Macht Richelieus wächst von Tag zu Tag und sein Einfluß wird bald größer sein als der der Gelehrten, die Euch so hoch schätzen."

Der Diener tranchierte den Hasen mit geübten Handgriffen und füllte eine silberne Schüssel, deren Fuß aus einer zierlichen Gruppe von Nymphen aus Elfenbein bestand, mit einer dunklen Sauce. Das Tischgespräch wandte sich nun dem Humanismus zu, der Lehre von der großen Bedeutung der klassischen Bildung aus dem griechischen und römischen Altertum. Tacitus sei der bedeutendste gewesen, darin war man sich ebenso einig, wie in der Bewertung der *Constantia* des Justus Lipsius. Rubens betonte, dass er sich in seinen ethischen Anschauungen immer diesem Neubegründer der stoischen Philosophie verpflichtet fühle. Als sein geliebter Bruder Philipp Anno 1611 starb, habe er besonders an die Worte des Lipsius denken müssen, in guten und in bösen Tagen die innere Ruhe, die Beharrlichkeit zu bewahren. Damals habe er auch ein Bild *Die vier Philosophen* gemalt, auf dem er selbst, sein Bruder, Lipsius und Woverius zu sehen seien.

Niclas nickte zustimmend. „Es gibt viele, die in guten Tagen Bürgermeister von Rom sein wollen, wenn aber schlechte Zeiten anbrechen, dann lassen sie ihre Lefzen hängen. Mit solchen Leuten ist kein Staat zu machen. Lipsius sagte, man müsse so lange kämpfen, bis man verloren habe; dann ist es eben Gottes Wille und Vorsehung, und man hat sich in sein Schicksal zu fügen."

Hotman plauderte noch ein wenig von seinem Garten. Der für einen guten Philosophen so wichtig sei. „Er muss mit großem Bedacht angelegt sein, um auf unsere Seele richtig einwirken zu können. Das wussten schon die gebildeten Römer, und auch bei den Chinesen und Japanern wird diese Kunst der guten Gartengestaltung intensiv gepflegt." Er wandte sich an Niclas: „Hat nicht auch Konrad Heresbach, der Kanzler des Herzogs von Kleve und Schüler unseres großen Meisters Erasmus von Rotterdam, sich in höherem Alter ganz der Pflege seines Gartens auf der Rheininsel Lorward bei Rees gewidmet? Gehen wir hinaus, Freunde! Der Garten wartet auf uns. Venite mecum!"

Die Männer erhoben sich, und Hotman sagte, er müsse mit Grotius noch über ein paar neuerschienene Bücher reden, die er seinem *Syllabus* empfehlenswerter Literatur hinzufügen wolle. Die beiden gingen nach rechts eine kleine Marmortreppe hoch und setzten sich in die Nähe einer Minervastatue, die von gelben Rosen umgeben war. „Wir sollten die Gelegenheit nutzen, Meister Rubens. Ihr seid nicht wegen der Malerei in Paris." Niclas und Rubens gingen zu einem kleinen offenen Rundtempel, in dessen Mitte Athena, die Göttin der Weisheit, stand, hinter ihr eine Marmorbank, auf der sich die beiden niederließen.

„Warum hat Brandenburg den Vertrag mit den aufständischen Niederlanden geschlossen?" Die Stimme Rubens' war ernst. „Es kann doch nicht im Interesse des

Kurfürsten sein, sich so gegen den Kaiser und seine Familie zu stellen." „Es ist alleine das Werk Schwarzenbergs", erwiderte Niclas, „nur mit dem Beistand Oraniens konnte er sein Amt Neustadt halten, das ihm Georg Wilhelm Anno 1621 als erbliches Mannlehen übertragen hatte. Der Adel in der Mark und in Kleve ist verbittert, und Steffen von Ley, der Sohn des alten Marschalls, hat ihn in Düsseldorf öffentlich als einen meineidigen Verräter bezichtigt; nun streitet man sich am Reichskammergericht. Adams Idee, ein nur ihm unterstelltes Kriegszahlamt in Emmerich einzurichten, dessen Präsident ich fast zwei Jahre lang war, scheiterte am Widerstand der klevischen Räte, die sich übergangen fühlten. Der Düsseldorfer Provisionalvergleich, den der Graf im vergangenen Jahr mit Neuburg schloss, zeigt aber, wohin er wohl tatsächlich gehen will. Er will die Annäherung Brandenburgs an den Kaiser, nicht weil er katholisch ist, sondern weil er den Kaiser braucht, um sein Amt Neustadt einmal zu einer freien Reichsherrschaft machen zu lassen. Das dies niemals mit der Zustimmung der Stände am Niederrhein zu erreichen ist, weiß er, deswegen interessiert ihn der Protest am Niederrhein auch nicht."

„Und Ihr, Doktor Langenberg, Ihr braucht doch auch den Kaiser, nur der kann Euch in den Adelsstand erheben, und das wollt Ihr doch wohl. Oder etwa nicht?" Rubens' Frage traf Niclas schwer. Er presste die Hände zusammen und beherrschte sich nur mühsam: „Ja, Meister Rubens, aber ich werde deswegen niemals zum Verräter an meinem Land. Wir Langenbergs haben dem gräflichen Haus Schwarzenberg seit fünfzehn Jahren treu zur Seite gestanden, aber ich habe im Vorwort zu meiner Doktorarbeit allen Bürgermeistern und Ratsherren im

Bergischen Land versprochen, *me vobis et patriae in perpetuum devoveo* – ich werde mich für Euch und das Vaterland in Ewigkeit aufopfern."

„Ehrenhaft, mein Freund, aber dafür wird Euch Schwarzenberg fallen, vielleicht sogar verfolgen lassen." Rubens sah ihn eindringlich an. „Ihr wisst sehr viel über ihn, mehr als jeder andere kennt Ihr seine Seele, seine Stärken und Schwächen. So einen kann Schwarzenberg nicht als Gegner dulden." Niclas' Stimme wurde fester: „Adam hat am Niederrhein keine Freunde mehr und die calvinistischen Berliner Räte hassen ihn wegen seines katholischen Glaubens, den er wegen des Kaisers nicht aufgeben kann. Ich kenne ihn, er weiß, wie man den schwachen Kurfürsten packt. In einem Jahr wird er ihn beherrschen. Dann wird er Brandenburg an die Seite des Kaisers führen." „Eine gute Nachricht," freute sich Rubens, „denn die Stimme des Kurfürsten von Brandenburg hat ein hohes Gewicht erhalten nach dem Erwerb Preußens und der Herzogtümer am Rhein. Habt Ihr das auch Puisieux erzählt?" Niclas verzog keine Miene und antwortete ausweichend, dass er mit Brûlard nur allgemein über die Situation am Niederrhein gesprochen habe; der Vicomte sei an Einzelheiten überhaupt nicht interessiert gewesen. Von den Goldstücken sagte Niclas nichts.

6. Okt. 1625 im Palais du Luxembourg

Ob es Hotman oder Brûlard war, der ihm die Einladung in den Palast der Königin verschafft hatte, wusste Niclas nicht. Mit Nanettes Hilfe hatte er sich bei Pierrot auf der Île St. Louis neu eingekleidet und bei einem Goldschmied bei Notre Dame eine Kette für das Medaillon seines Großvaters anfertigen lassen.

Nanette hatte alle Mühe, ihren weit ausladenden Rock in der Kutsche unterzubringen, die vor dem Haus im Marais wartete. Während der Fahrt über die Rue St. Antoine und die Pont Neuf wirkte Nanette auffallend nervös. Niclas führte es auf den bevorstehenden Empfang zurück. „Es ist heute ein sehr wichtiger Tag für Dich, Niclas." Ihre Stimme klang etwas traurig. „Auch der Kardinal wird dort sein. Sei vorsichtig und wähle deine Worte mit Bedacht. Richelieu scheint sehr an Dir interessiert zu sein." „Woher willst Du das wissen?" fragte Niclas etwas überrascht. Nanette lächelte etwas unnatürlich. „Ach, war nur so gesagt. Man hört manchmal dies und das." Sie zupfte noch einmal an seinem Kragen und legte die Locken seiner Perücke sorgfältig darüber. „Das Parfüm entfaltet sich auf deiner Haut sehr gut. Ich habe wohl die richtige Auswahl getroffen." Dann schaute sie aus der Kutsche und Niclas bemerkte, dass ihre Augen feucht wurden.

Bereits auf der weißen Marmortreppe hörte er das Tuscheln der Lakaien. Zaccerino sei da, der Langhaarige, eigens aus Florenz angereist. Zaccerino war der Spitzname des jetzt fünfundsechzigjährigen Jakopo Peri, des gefeierten *Direttore della Musica e di Musiche* des Medici-Hofes. Man habe ihm eine wahrhaft fürstliche Entschädigung von 5.000 Ècu für die Strapazen der Reise gezahlt, aber die Königin habe darauf bestanden.

„Dominus Langenberg, juris utriusque doctor, consiliarius intimus Majestatis et Electoris Brandenburgensis". Mit näselnder Stimme bemühte sich der Zeremonienmeister, die lateinische Titulatur zu wiederholen, die Aaron ihm auf einem Blatt zugesteckt hatte. Dann tauchten Niclas und Nanette ein in ein Meer von Kerzenlicht, das sich im Gold der Leuchter und im Glas der nicht enden wollenden Spiegel immer und immer wieder vervielfachte. Der Klang einer Laute vermischte sich mit den Stimmen der Festgesellschaft. Die meisten der in der Galerie gesetzten Schrittes sich zur Schau stellenden, in neuester Pariser Elegance gekleideten Paare sprachen über Rubens, dessen großformatige Bilder an den Wänden des Raumes die angeblichen Großtaten Marias von Medici feierten. Die Königin hatte dem Antwerpener Künstler den Auftrag für insgesamt 48 Bilder erteilt, von denen Rubens 1623 die ersten zwölf vertragsgemäß nach einjähriger Arbeit abgeliefert hatte. Keine andere Malerwerkstatt Europas hätte es gewagt, diese künstlerische und organisatorische Herausforderung anzunehmen. Zwölf weitere Gemälde des Medici-Zyklus hatte Rubens vor wenigen Monaten nach Paris bringe lassen.

Niclas blieb vor einem der Bilder stehen, auf dem Maria als Bellatrix vor einer Kanone stehend mit einem Helm und einem nur die linke Brust bedeckenden Gewand zu sehen war. Eine Königin mit nackter Brust? Dass dies bei Göttinnen, Nymphen und Nejaden auf den anderen Gemälden in großer Anzahl vorkam, war bei Rubens selbstverständlich. Aber bei einer Königin Frankreichs? Für Niclas war auch auf einem Bild die Würde einer christlichen Herrscherin nicht mit der Entblößung ihrer Brust vereinbar. Nanette schien Niclas' kritischen Gesichtsausdruck bemerkt zu haben und meinte: „Mein Busen scheint Dir wohl besser gefallen zu haben als der unserer Majestät."

In diesem Moment kündigte der Zeremonienmeister den Eintritt der Königin an. Die Gesellschaft verstummte, nervös zurrten einige Damen an ihren Kleidern, blickten prüfend in einen der zahlreichen Spiegel. Dann betrat Maria von Medici den Saal. Ein rundes Gesicht mit kleinen Augen und fetten Wangen wurde eingerahmt von einem überaus prachtvollen, hohen Stehkragen aus edelster Florentiner Brokatseide, verziert mit filigraner Brüsseler Spitze. Ihr Kleid, gefertigt von den besten Schneidern der Ponte Vecchio, bemühte sich in seiner Eleganz, von der Körperfülle der Königin abzulenken. Niclas fiel sofort wieder die spöttische Bezeichnung „dicke Bankierstochter" ein, doch er wusste sehr genau, dass die nächsten Minuten über sein Schicksal, über Aufstieg oder Untergang entscheiden würden.

„Monsieur le Docteur, le cardinal vous donne l'honneur. – Herr Doktor, der Kardinal gibt sich die Ehre." Niclas vernahm die Stimme dicht an seinem Ohr und vermied es, sich umzudrehen. In diesem Moment stand auch schon Richelieu vor ihm, der mit maskenhaftem Gesicht das Spalier der hohen Gäste in der ersten Reihe abschritt. „Vous venez du Comte? – Kommen Sie im Auftrag des Grafen?" Niclas wusste nun, dass Adam von Schwarzenberg gemeint war und dass Richelieu an dessen politischen Plänen interessiert war. Niclas' Antwort war kurz, der Situation angemessen: „Oui, mon Eminence. La France et la Maison de Brandembourg auront une future commune. – Ja, Eminenz. Frankreich und das Haus Brandenburg werden eine gemeinsame Zukunft haben." Niclas bemerkte, dass der Kardinal noch einen kurzen Blick auf sein Medaillion warf, bevor er die weiteren Gässte mit kaum mehr als einem kurzen Blick würdigte und schließlich neben der Königin stehen blieb.

Nun begannen die persönlichen, nur ausgewählten Gästen vorbehaltenen Gespräche mit der Königin, streng nach dem Hofzeremoniell, zuerst der Gesandte des Papstes, Kaisers und des Sultans, dann die der Könige von Spanien, England, Dänemark, Portugal. Es folgten die Gesandter der drei geistlichen Kurfürsten Mainz, Köln und Trier, dann die der Kurfürsten von Sachsen, Bayern und schließlich Brandenburg. Dann sah Niclas eine Handbewegung des Kardinals, ging einige Schritte ruhig in Richtung der Königin und verbeugte sich formvollendet, wie er es schon vor vierzehn Jahren getan hatte.

„Majestät. Euer Geheimer Rat Doktor Langenberg aus Jülich." Richelieu verneigte sich kurz, ging zwei Schritte rückwärts und wandte sich einem anderen Gast zu. Niclas hatte Mühe, dieses dicklich-dümmliche Gesicht vor ihm als das einer Königin zu akzeptieren; er musste unwillkürlich an den Anblick Johann Sigismunds damals in Königsberg denken, an diese von Bier und Wildschweinbraten aufgedunsene Figur seines Kurfürsten.

„Jülich, welch ein Zufall! Wie schön!" Maria schien sich tatsächlich etwas zu freuen. Wie lächerlich für eine Königin, im Beisein eines ihr Fremden in der Öffentlichkeit Gefühlsäußerungen zu zeigen, dachte Niclas, „Sehen Sie, dort ist Jülich!" Maria zeigte mit ausladender Geste auf ein Gemälde, auf dem im Hintergrund tatsächlich die Silhouette der Stadt erkennbar war, die 1610 maßgeblich durch die niederländischen Truppen erobert worden war, zweifellos ein Schlüsselereignis bei der Durchsetzung der hohenzollernschen Erbansprüche am Niederrhein. Dominiert aber wurde das Bild durch einen märchenhaft schönen Schimmel, auf dem die Königin, mit einem Marschallstab in der Hand thronend, auf den Betrachter zureitet. Über der Königin die geflügelte Victoria mit dem Siegeskranz. Kostbar ist das Gewand der Königin: Weiß mit goldenen Lilien bestickt, umflattert von einem orangefarbenen Mantel. Und ein wahres Wunderwerk ist ihr Helm, der, mit Gold und Federn besetzt, wie eine Fontäne über ihr emporsteigt. Ihr Gesicht ist jugendlich schön, weiblich und gebieterisch, alles andere als ein realistisches Porträt. Dennoch hatte Rubens gekonnt die Züge Marias erkennen lassen. „Es ist eine große Ehre für mich, Majestät, mit Ihnen dieses Meisterwerk Eures Dieners, des großen Rubens, bewundern zu dürfen." Maria schien diese Worte überhaupt nicht mehr zu hören. Niclas hatte ihren Blick auf sein Medaillon bemerkt. Mit einem abfälligen Unterton sagte sie nur „Valois!" und wandte sich zur Seite, wo bereits ein in Rot und Gold gekleideter Höfling auf die Gelegenheit zu einem Gespräch mit der Königin wartete. Die ganze Szene hatte kaum eine Minute gedauert.

„Monsieur?" Neben ihm stand einer der Männer, die er vorher in Begleitung des Kardinals gesehen hatte. „Pardon, permettez-vous, s'il vous plaît? – Verzeihung, erlauben Sie bitte ? Leon Bouthillier, Comte de Chavigny". Bouthillier begann, von der Hochzeit der Königin zu plaudern. Damals, vor 25 Jahren, habe er sich am Hof des Herzogs von Mantua, eines Schwagers Marias, aufgehalten. Dort habe Rubens seinerzeit den herzoglichen Palast ausgemalt, und ihn mitgenommen nach Florenz, wo am 5. Oktober 1600 die feierliche Vermählung Marias stattfand. Ihr Bräutigam, König Heinrich von Frankreich, wurde durch Marias Onkel, den Großherzog, vertreten, der dann zehn Tage lang Feste feiern ließ, wie man sie seit Menschengedenken nicht erlebt habe. Am 6. Oktober sei im Palazzo Pitti die Sage von Orpheus und Eurydike mit einem ungeheuren Aufwand an Szenarien und Maschinerien uraufgeführt worden, verfasst von dem Dichter Ottavio Rinuccini und in Musik gesetzt von Jacopo Peri, dem Erfinder des Rezitativs, den seine Freunde aus dem Dichter-, Musiker- und Philosophenkreis der *Camerata*

Fiorentina seiner langen Haare wegen liebevoll *Zazzerino* nannten. Peri selbst habe den Orpheus dargestellt und Giulio Caccini den Chor dirigiert. Was Peri und auch Caccini damals musikalisch geschaffen hatten, sei wahrhaft mutig, ja geradezu revolutionär gewesen. Antike Stücke singen und mit einem Clavicembalo, einer großen Gitarre, einer Laute, einer Lyra sowie mit vielen Blas- und Streichinstrumenten begleiten zu lassen, das habe man zu Recht einen *Stile Nuovo [Neuer Stil]* genannt.

Niclas folgte Rubens und Hotman in den Theatersaal, in dessen gedämpftem Licht die Bühne und der Orchestergraben zu erkennen waren. Die Gesellschaft nahm Platz und lauschte dem Sänger des Prologs. Schon am Ende der ersten Szene brandete spontaner Beifall auf; auch die Königin war sichtlich bewegt durch den melodischen Gesang des Chores der Hirten und Nymphen:

Al canto, al ballo, a l'ombre,al prato adorno,
A le bell'onde e liete
Tutti,o pastor, correte
Dolce cantando in si beato giorno.
[Zum Singen, zum Tanzen, zum Schatten, zum geschmückten Rasen,
Auf den schönen und fröhlichen Wellen
Alle laufen, o Hirte,
Süß singend an diesem gesegneten Tag]

Am 28. Mai 1626 wurde die der Hexerei bezichtigte Nonne Sophia Langenberg, Tochter des Dr. Nikolaus Langenberg, in Begleitung des Generalvikars Gelen aus dem Kölner Kloster St. Klara in das zum Erzstift Köln gehörige Schloss Lechenich geführt. Unter schwerer Folter gab sie die ihr vorgeworfene Verbindung mit dem Teufel zu und bezichtigte auch die Kölner Bürgerstochter Catharina Henot der Hexerei. Am 30. Januar 1627 wurde Sophia in Lechenich durch Erdrosseln hingerichtet, da es verboten war, eine Nonne zu verbrennen. Damit begann eine Reihe von Hexenprozessen im Machtbereich des Kölner Erzbischofs Ferdinand von Bayern.

Die Hexenprozesse wüteten auch in der Stadt Siegburg, die dem Abt des Benediktinerklosters St. Michael unterstand. Zu den dort als Hexen Verbrannten gehörte am 19. Dezember 1637 auch Margarethe Langenberg, Schwester des Dr. Nikolaus Langenberg.

1641 wurde Adam Langenberg, der älteste Sohn des Hauptmanns Gottfried Langenberg, von seinem Vetter Heinrich Quad von Isengarten zu Bellinghausen vor dem Tor der Burg Isengarten bei Waldbröl erschossen.

MERHEIM

1644 im Pfarrhaus zu Merheim östlich von Köln

Der Schiffsführer hatte Mühe, in den Sandbänken vor Deutz die beiden Mönche an Land zu lassen. Der Rhein führte Niedrigwasser, sogar zwei Pfähle der alten Römerbrücke waren jetzt zu sehen. Niclas und Pater Theophilus zogen ihre Kutten bis zu den Knien hoch und wateten die letzten Schritte zum Ufer. Erst jetzt spürten sie die Schwüle des zu Ende gehenden Sommertags. Noch in der Kühle des frühen Morgen waren sie in Boppard an Bord des kleinen Weinschiffs gegangen, der auf der Fahrt von Basel nach Köln war.

Niclas setzte sich auf einen bemoosten Holzstamm, den der Strom irgendwann einmal vor die mächtigen Fundamentsteine des Osttores des alten römischen Kastells Divitia gespült hatte. Er schaute hinüber auf das Panorama der Stadt, die er vor zwanzig Jahren verlassen hatte. Die Bastei und Sankt Severin im Süden, dann Sankt Maria im Kapitol, Klein Sankt Martin, der Rathausturm, Groß Sankt Martin, der Torso des Doms, der achteckige Turm des Nassauer Hof, wo er so viele glückliche Jahre mit Gertrud verbracht hatte, dann Sankt Kunibert, die Taufkirche seiner so zahlreichen Kinder. Den Hof, diesen ehemals stolzen Sitz der Grafen von Nassau, seine Residenz als Geheimer Rat der französischen Krone besaßen nun die Grafen von Hatzfeld; der Bischof von Bamberg und Würzburg lebte nun dort im Exil, wie ja auch die totkranke Königin Maria von Medici hinter den unüberwindbaren Mauern der Stadt ihre Zuflucht gefunden hatte. Vor zwei Jahren war sie im Rubenshaus in der Sternengasse gestorben, ihre einbalsamierten Eingeweide hatte man unter der Achskapelle des Doms in einen Schacht aus Ziegelsteinen versenkt und ihre Gebeine in die königliche Grablege nach Saint Denis bei Paris gebracht. Richelieu hatte den Machtkampf gegen Maria gewonnen; seine überlegenen Ränkespiele am Hof hatte Niclas bereits 1612 und dann erneut 1625 ein ganzes Jahr lang beobachten können.

Saturns Sanduhr war für ihn wohl abgelaufen. Niclas hatte den Kopf auf seine Arme gelegt. Er dachte an Sophia. Was hatten diese feisten Pfaffen aus Bonn seiner geliebten Tochter nur angetan? Sie war Nonne, und dennoch hatte man sie gefoltert, so lange gemartert, bis sie unter den Höllenqualen ihren Beischlaf mit dem Satan zugab und Catharina Henoth als Mithexe denunzierte. Erwürgt wurde seine Tochter im kurfürstlichen Gefängnis zu Lechenich, da diese erzbischöflichen Schmarotzer zu feige waren, eine Nonne öffentlich zu verbrennen. Als er im Juni 1626 aus Paris zurückgekehrt war, konnte er ihr trotz hoher Bestechungssummen nicht mehr helfen. 1627 hatte er aufgegeben, da auch der Kurfürst und Schwarzenberg in Berlin nicht mehr auf seine Schreiben antworteten. Den Nassauer Hof hatte er seinen Kindern überschrieben, die ihn an Sebastian von Hatzfeld zu Crottorf verkauften. Sein Sohn Lothar, der als Rittmeister im Heer Melchiors von Hatzfeld diente und von dem er seit Jahren nichts mehr gehört hatte, trug nun den goldenen Siegelring mit dem geschachten Sparrenwappen, das ihm damals von Königin Maria mit Brief und Siegel verliehen worden war.

Niclas spürte eine Hand auf seiner Schulter. Pater Theophilus hatte erfahren, dass das Buch, das er suchte, in Deutz nicht zu kaufen war. Der Erzbischof, der hier das Sagen hatte, hatte den Verkauf der *Cautio Criminalis* des Jesuiten Friedrich Spee von Langenfeld strickt verboten. Es handele sich um eine subversive Lektüre, die die theologisch unwiderrufliche Wahrheit von dem Unwesen der Hexerei in häretischer Weise untergrabe. „In Köln wird es aber gedruckt, und ich werde es mir vor unserer Rückfahrt dort kaufen," meinte Theophilus, „dieser Jesuit klagt zu Recht die Fürsten, Beichtväter und Richter an, die mit dem Leid der armen Frauen nur von ihren eigenen Verfehlungen ablenken wollen. Rom hat nicht nur im Fall Sophias scharf dagegen protestiert, denn es war ihr nichts vorzuwerfen." „Die Schrift Spees kommt zu spät, auch für Marga," murmelte Niclas und dachte an seine Schwester Margaretha mit ihren großen blauen Augen, den Sommersprossen auf der hellen Haut und ihren roten Haaren. In Siegburg, wo man sie 1637 als Hexe verbrannte, hieß es, die roten Haare seien ihr Verhängnis gewesen. Auch ihr konnte Niclas nicht helfen, denn in Siegburg unterstand sie der Gerichtsbarkeit des Benediktinerabtes, und mit dessen Vorgänger hatte sich Niclas schon 1614 heftig angelegt, als der Abt vertragswidrig spanische Soldaten heimlich durch eine Hinterpforte auf den Klosterberg gelassen hatte.

Niclas und Theophilus fanden ein Strohlager in der Abtei Sankt Heribert und brachen am nächsten Morgen früh nach Merheim auf, dass sie noch vor der Mittagshitze erreichen wollten. Auf der alten Straße, auf der in römischer Zeit Eisen aus dem Siegerland nach Deutz gebracht wurde, kamen ihnen zerlumpte Gestalten entgegen, die der lange Krieg übrig gelassen hatte. Von all den Huren, die für ein Stück Brot ihre Reize und auch mehr anboten, wurden sie in Ruhe gelassen, und die Taschendiebe wussten, dass es bei den Franziskanern der Strengen Observanz nichts zu holen gab.

Vor Brück verließen sie die Straße und folgten einem kleinen Weg, der sie direkt zur weithin sichtbaren Kirche Sankt Gereon führte. Dort knieten sie nieder und dankten Gott dafür, dass sie ohne Unglück die weite Reise hinter sich gebracht hatten. Dann gingen sie zwischen den Gräbern des Kirchhofs zur kleinen Pforte in Richtung Pfarrhaus. „Es ist warm," raunte Theophilus, „ein Glas Wasser könnte nicht schaden."

Ein kleiner Hund kläffte neben dem Haus, als die beiden Männer vor der sauber in dunkelgrüner Farbe gestrichenen Tür standen. Einer der Fensterläden, die wohl wegen der Mittagshitze geschlossen waren, öffnete sich und das freundliche Gesicht einer Frau mittleren Alters erschien. „Oh, zwei Brüder des Herrn! Ich komme sofort!" Es dauerte ein wenig, bis sich die Haustür öffnete. Dechant Johann Langenberg, etwa 40 Jahre alt, von kleiner Gestalt, aber mit frischer Haut und wachen Augen hinter einer kleinen Brille, begrüßte die Ordensbrüder herzlich. „Kommt herein und lasst die Hitze draußen," lachte er, „Lisa wird Euch sofort eine richtige Bergische Kaffeetafel bringen. Die Kirschen werden wir heute aber besser nicht heiß machen, und den Kaffee könnt Ihr mit der frischen Milch ja etwas kühlen. Zuerst hatten mir die schwedischen Soldaten das Vieh gestohlen, dann die kaiserlichen. Aber jetzt habe ich wieder drei schöne Kühe."

In der sauberen und aufgeräumten Stube empfing die beiden Mönche eine wohltuende Kühle. Ein Tisch mit vier Stühlen, ein hohes Regal mit sauber aufgereihten Büchern, eine einfache Standuhr, auf den Fensterbänken frisch geschnittene Gartenblumen. Lisa brachte drei

Keramikbecher und zwei Krüge, je einer gefüllt mit Wasser und Milch, und kündigte an, dass der Rest der Kaffeetafel bald folgen werde. Niclas fiel auf, dass die Haushälterin sich beim Verlassen des Raumes kurz zu Johann herunterbeugte, der unverhohlen in ihr üppiges Dekoltee blickte.

„Onkel Niclas, wie Du siehst, geht es mir hier wirklich gut. Der lange Krieg geht jetzt wohl zu Ende, jedenfalls hört man von Friedensverhandlungen in Westfalen. Die Pfarrei Merheim ist wohlhabend; der Boden ist fruchtbar und die Mühlen am Strunder Bach werfen gute Erträge ab. Am besten aber ist meine Lisa, sie hält das Haus in Ordnung und hilft, wo sie kann, bei Tag und Nacht." Bei dem letzten Wort grinste der Dechant ein wenig und fuhr fort: „Ach ja, der Zölibat. Möge ihn einhalten, wer will. Pastor Rubens jedenfalls hat im Kirchenbuch seiner katholischen Gemeinde Dattenfeld eingetragen, dass er seine Magd geheiratet hat und die mit ihr gezeugten Kinder hat er auch ins Taufbuch eingetragen. Die Bischöfe treiben es doch auch wie der Teufel mit seinen tausend Hexen, wie man so sagt. Meine letzte Magd haben die Kaiserlichen mitgenommen samt unserer zwei Kinder, denen Gott gnädig sein möge. Nun, Lisa scheint keine Kinder gebären zu können."

Niclas erwiderte ruhig, er wolle über Moral nicht streiten; ihn interessiere mehr, wie es der Familie seines Neffen Gottfried gehe. „Weißt Du wirklich nicht, was mit meinem Bruder und seinem Sohn Adam geschehen ist?" fragte Johann ungläubig und rückte seine Brille zurecht, „Gottfried musste als Hauptmann der Pfalz-Neuburger vor vier Jahren in den Krieg gegen die Franzosen ziehen; er fiel wenig später in einem Gefecht. Die Ermordung seines so geliebten ältesten Sohns Adam hat er – Gott sei's gedankt – nicht mehr erlebt. Adam wurde von seinem Vetter Quad zu Bellinghausen vor den Toren der Burg Isengarten erschossen, ein furchtbares Verbrechen, das seinen Rächer finden wird. Die arme Witwe und Mutter! Vor zwanzig Jahren hatte sie schon ihren Bruder, den Quad zu Ziehlenbach, verloren, erstochen vor der Kirche in Waldbröl. Und das alles wegen des hochverschuldeten Gutes Isengarten. Gottfried hätte doch wissen müssen, dass all sein Prozessieren wegen der Burg nichts bringt. Isengarten ist nun einmal Lehen der calvinistischen Grafen von Sayn-Wittgenstein, und die würden es niemals an einen Katholiken geben, der noch nicht einmal vom Adel ist."

Lisa betrat wieder die Stube und stellte das große Tablett auf den Tisch. Der Duft des frisch aufgebrühten Kaffees füllte den Raum, dazu der Duft der Waffeln und Kirschen. Butter stand ebenso bereit wie Käse und Wurst. „Ich wünsche den Herren einen guten Appetit", sie verbeugte sich leicht, „und wenn noch etwas gewünscht wird, rufen Sie mich!" Sie lachte und schaute dabei Theophilus an, der etwas zu lange auf ihr Dekoltee blickte.

Die drei Geistlichen genossen die Kaffeetafel. Dann kamen die beiden Mönche zum Grund ihrer Reise. Auch in Boppard habe man von der Marienbruderschaft gehört, die Dechant Johann Langenberg in Merheim so großartig wieder belebt habe; sogar mehrere Fürsten und zahlreiche angesehene Ratsherren aus Köln, Wipperfürth und Lennep seien ihr beigetreten. „Wie ich Dich kenne, mein lieber Neffe, machst Du das doch nicht nur zu Ehren der Gottesmutter", meinte Niclas. Johann räusperte sich, er hatte wohl gerade einen Kirschkern verschluckt. „Nach diesem langen Krieg müssen wir jetzt alle zusammen halten. In einer Bruderschaft sind eben alle Mitglieder gleich." Er zögerte einen Moment und korrigierte sich: „Zumindest sollen das die unteren Stände so glauben. Das ist natürlich Unsinn. Das Gegenteil ist der Fall. Die Fürsten haben dem Kaiser alle Macht genommen und stellen jetzt ihre eigenen Heere auf; der Landadel, zu dem noch Großmutter Sophia von der Leyen gehört, spielt hier keine Rolle mehr. Wer die Soldaten hat, hat auch die Macht und damit das Geld, und wer das Geld hat, kann korrumpieren. Die Fürsten haben schon längst damit begonnen, eine Reihe guter bürgerlicher Juristen für sich arbeiten zu lassen mit der Aussicht, vielleicht irgend wann einmal geadelt zu werden."

Die beiden Langenbergs waren jetzt alleine. Theophilus hatte die Magd, die leise den Tisch abräumte, nach dem Misthaufen gefragt; er müsse etwas wegbringen. Niclas meinte gehört zu haben, wie Lisa seinem kräftigen Mitbruder lächelnd zuflüsterte, ein Heuboden sei doch viel schöner.

Als das Schiff den Anker lichtete, fielen die ersten Strahlen der Morgensonne auf Groß Sankt Martin. Der leichte Nebel, der vom Rhein aufstieg, ließ die Konturen des hoch aufragenden Kirchturms nur schemenhaft erkennen. Niclas stand am Heck. Theophilus, der sich in der Stadt noch das Buch Spees gegen den Hexenwahn besorgt hatte, saß etwas zusammengesunken neben ihm. „Bruder Nikolaus," sagte er leise, „du bist doch ein gelehrter Mann. Du hast das geistliche und weltliche Recht studiert und mit so vielen großen Leuten gesprochen, mit Königen, Fürsten, Diplomaten, Künstlern und Philosophen. War meine Stunde mit der Magd eine Sünde, für die ich im Fegefeuer lange büßen muss? Soll ich dafür zu Sankt Jago in Galizien pilgern und dort auf den Knien

Gott um Vergebung bitten? Oder soll ich Gott mit Jubelgesang dafür lobpreisen, dass er mich auf dem Heuboden in Merheim ins Paradies hat schauen lassen?" Niclas schwieg.

Langsam drehte sich das Heck in die Strommitte, während sich die beiden Zugpferde am Ufer in ihr Zaumzeug stemmten um den Bug des Schiffs in seiner Position zu halten. Als das Heck sich wieder der Kaimauer näherte, begannen die Pferde ihren Weg auf dem Leimpfad. Das Schiff glitt nun langsam geräuschlos gegen die Strömung. Die Sonne stand nun über dem Horizont im Osten und tauchte die Silhouetten der Kölner Kirchen in ein goldenes Licht.

Niclas wusste, dass dies nun das Ende seines Lebens war. Es war ihm, als stünde er auf dem Boot des griechischen Fährmanns Charon, der ihn auf dem Fluss Styx in den Hades, das Reich der Toten, bringt, in der nur Stille herrscht, die Stille seiner kleinen, kargen Klause in Boppard, wo er vielleicht noch vier oder fünf Jahre auf den bedeutungslosen Tod warten würde.

Auszug aus der Stammtafel der
Langenberg aus Wipperfürth

I. **Paul**, * ..., + 1585/1588; seinen Kindern Luther und Agnes hinterlässt er Münzen und Schuldverschreibungen im Wert von ca. 2500 Rtl. und zahlreichen Grundstücken in und um Wipperfürth vier Häuser in Wippefürh (zwei am Markt und zwei in der Mittelgasse) sowie die im Raum Wipperfürth liegenden Höfe Klitzhaufe, Bommerhaus, Lendringhausen, Peddenpohl, Blumberg, Röttenscheid und Klespe; oo I. 1528 Helena *Tölner* (+ vor 8. März 1546), T. v. Christian T. (+ vor 1528) u. Margaretha *Wilne*; II. ... Philista *N.* (+ nach 1582)

II. **Lothar („Lutter")**, * 1529/30, + 5. Febr. 1615; 1546 unterschreibt er einen Vertrag seines Vaters 1597/98 und Januar 1613-Januar 1614 Bürgermeister von Wipperfürth, danach jeweils dort ein Jahr lang „Gewalt- und Halsrichter"; oo (um 1560/65) Sophia *von der Leyen* (+ nach 1620).

III1. **Johann (sen.)**, * ...(um 1570), + nach 1615; Ratsherr (1615) und Tuchweber zu Wipperfürth, Provisor der Armenstiftung Langenberg; seine Initialen mit der Hausmarke Langenberg auf dem Marktbrunnen zu Wipperfürth; oo (um 1595) Katharina *Hovens.*

III2. **Nikolaus („Niclas")**, * zwischen Nov. 1575 u. Jan. 1576, + ... (offenbar zwischen Nov. 1626 und Juni 1628); oo I (um 1595) Gertrud *Degener,* + 1618/19; wohl Schwester des Heinrich D.(+ 1617), 1601 zu Duisburg, wo er 1602 das Bürgerrecht erwirbt; dort 1608 „Wirt im Schwan" (am Markt), Schöffe und Ratsherr, 1615/16 Rentmeister. Gertrund und Heinrich Degener waren vermutlich die beiden Kinder des Dr. jur. Stephan *Degener* aus Wesel und der Sophia v. *Lintelo* aus Aalten-Walvoort/Gelderland. oo II (1621/1624) N.N. (wohl *Heistermann*, evtl. *Clunsch/Klumph*).

III3. **Christian**, * 29. Juli 1580, + 16. Sep. 1630.

III4. **Melchior**, * ...(um 1580), + nach 1622 (vor 1647, vor seinem Bruder Johann); kurfürstlich-brandenburgischer Hauptmann (1615) und Amtmann zu Gimborn (1610-1617). Provisor der Armenstiftung Langenberg; oo (um 1606) Sybilla *von Omph* (* Gummersbach 1586, + vor 1640), T. v. Caspar v.O., klev. Rittmeister (+ Gummersbach 1627), u. Anna *von Mollenbeck*, Erbin zu Lützinghausen.

III5. **Agnes**, * ..., + ... (nach 1607); 1607 Patin in Köln bei einem Kind ihres Bruders Nikolaus; oo (vor 1615) Melchior *von Lüttringhausen*, Tuchweber, Ratsherr (noch 1622) und Bürgermeister (1610) zu Wipperfürth; lutherisch.

III6. **Margaretha**, * Wipperfürth 1577, + Siegburg 19.12.1637 (als Hexe hingerichtet); oo I. N.N., II (vor 1607) Theodor (Dietrich) *Wredt* (+ nach 1620).

III7. **Catharina (Gertrud ?)**, * ..., + ... (nach etwa 1625); oo Wipperfürth (wohl um 1615/20) Gottfried *Düssel*, 1616 Disputation am Collegium juridicum der Universität Köln, 1617 Dozent ebd.; S. v. Peter D., Ratsherr zu

Wipperfürth, u. (oo Wipperfürth 1589) Maria *Weyer-straß*.

Kinder des Johann (III1):
IV1. **Gottfried („Goddert")**, * ... , + nach 1640; Schwarzenbergischer Hofmeister zu Gimborn, Hauptmann; oo Köln (St. Kunibert) 17. Okt. 1620 Christina Margaretha *Quad von Isengarten* zu Zielenbach, T. v. Johann Qu. v. I. u. Euphrosina *von Stetten* zu Kocherstetten und Künzelsau.

IV2. **Johann (jun.)**, * ..., + nach 1653; 1615 von Pfalzgraf Wolfgang Wilhelm zum Pfarrer von (Bergisch) Gladbach und Sand ernannt, wo er die Gegenreformation erfolgreich durchsetzte; noch 1626 als Pfarrer zu Sand erwähnt. 1627 – mind. 1653 Pfarrer zu Merheim, ab mind. 1631 Landdechant des Dekanats Deutz. Brandenburgischer geistlicher Kommissar. 1643 wurde die Merheimer „confraternität Beatae Virginis dolorosae" durch Papst Urban VIII. bestätigt, der selbst Mitglied dieser Bruderschaft wurde.

Kinder des Nikolaus (III2):
IV3. **Lotharius**, * ... (wohl kurz nach 1595), + ... (nach 1624); immatr. Köln 1619 („Lothar L. ducatus Montensis"), 1616-1621 Inhaber eines Kanonikats in Düsseldorf, 1628 Verkauf des Nassauer Hofes in Köln. Vermutlich identisch mit „Herr Lotharius v. Langenberger, Rittmeister unseren Hatzfeldischen Regiments"; oo Komotau (Nordböhmen) 27. Apr. 1633 „Frau Magdalena, Herrn Johann *Caron von Caronic*, auch Rittmeisters hinterlassene Wittib".

IV4. **Sophia Agnes**, * 1597/98, + Lechenich 30. Jan. 1627, beerd. Heddinghoven; 1614 gegen den Widerstand ihres Vaters Eintritt in das Kloster St. Klara in Köln, Aug. 1621 – April 1622 Visionen mit Jenseitsreisen, als Fürbitterin bei Gott und den Heiligen im Ruf einer „lebenden Heiligen" stehend; 1622-1624 Untersuchungsverfahren gegen sie durch den päpstlichen Nuntius Montoro in Köln; nach eigener Aussage 1626 Urheberin der Besessenheit ihrer Mitschwestern in St. Klara, 28. Mai 1626 Inhaftierung im kurfürstlich-kölnischen Gefängnis in Lechenich, dort während der Folter Bezichtigung der Catharina Henoth; als Hexe verurteilt und erdrosselt.

IV5. **Johann Wilhelm**, * ... (vor 1610), + nach 1628; 1628 verkauft er gemeinsam mit seinem Bruder Lothar den väterlichen Hof in Köln.

IV6. **Johann Theodor**, * Köln, ~ St. Kunibert 25. Sep. 1607 (Paten: Joannes à Lindtlo, Theodorus Vrede, Gertrudis Düssel, Agnes Langenbergh), + ...

IV7. **Friedrich**, * ... (wohl vor 1605), + ... ; 1623 Gehilfe seines Vaters im Kriegszahlamt in Emmerich., vermutlich identisch mit Johann Friedrich von Langenberg (+ vor 1665), 1653 „der Rechten Doctor, Advocat und Professor Institutionis Juris in Graz", der dem Reich und dem Haus Österreich „getreu, gehorsambst und willigst" gedient habe „in dem Kriegeswesen in die zehen Jar lang als ain Regiments Secretair und in andern mehr weeg zu Feldt, und hernach in unserem Herzogthumb Steyr undter [...] unser getreuen Landtschafft alda bestelten Obristen Leütenandt Ehrenreich Graf von Saurau als ein Regiments Schultheiß wie zumaln in undterschiedlichen ihme von selbig Landtschafft aufgetragenen Commissionen undt anvertrauter erster Professur der Institutionis Juris daselbsten zu Graz"; Ernennung zum kaiserlichen Rat und Hofpfalzgraf in Regensburg am 6. März 1653, bestätig durch Ks. Leopold in Wien am 4. Febr. 1660.

IV8. **Hermann** („Hermann à Langenbergh"), * Köln. ~ St. Christoph Juli 1615 (Paten: Hermannus *Gropper*, Agnes *Wickensb* ...[zerstört]), + ...

Kinder des Melchior (III4):
IV9. **Maria**, * Wipperfürth um 1613, + Wermelskirchen 9. Juni 1673; oo Hückeswagen Mai 1640 Wilhelm *Hölterhoff*, Schulmeister zu Mettmann, später zu Wermelskirchen.

IV10. **Catharina**, * Wipperfürth um 1616, + ... oo Mettmann 23. Juni 1647 Johann *Rode*, Witwer, „Vorsteher der Herrschaft des Oberamtes Mettmann"; kinderlos.

IV11. **Johann Gottfried**, * Wipperfürth, 1617/18, + Duisburg 12. Aug. 1677 (59 Jahre alt, an der Pest gestorben); Besuch der höheren Schulen in Moers, Köln und Bremen (Gymn. Illustrum 1643). Lic. jur. 6. Sep. 1655 in Marburg, Dr. jur.31. Jan. 1662 in Leiden, 1662 Professor in Duisburg als dritter Lehrer des Rechts, 1663 u. 1674 Rektor; oo Duisburg 29. Juli 1668 Christina Elisabeth *Schlechtendahl*, T. v. Dr. jur. Johann Sch., Bürgermeister zu Duisburg, u. Anna Barbara *de Nobila* (? *De Vobila*).

Sohn des Gottfried (IV1)
V1. **Adam**, * um 1621/23, immatrikuliert in Köln 1638 („aus Wipperfürth"); + 1641 vor der Burg Isengarten bei Waldbröl erschossen.

Luther LANBGENBERG
(um 1545-1615)
Ratsherr, Bürgermeister u. Richter zu Wipperfürth
oo Sophia von der Leyen

_____Λ_____

Johann   **Nikolaus**   **Melchior**
um 1570-1615   um 1575-1627   um1580-1630
Wollweber   Dr.jur. brand. Rat   Hauptmann, Amt-
zu Wipperfürth ab ca. 1610 zu Köln   mann zu Gimborn

____Λ_____   ___Λ_____   _____Λ____

Gottfried   **Friedrich**   **Johh. Gottfried**
um 1595-1645   um1605-?1665   1617/18-1677
pfalz-neuburg. Dr.jur.? Hof-   Dr.jur.
Hauptmann   pfalzgf. in Graz?   Prof. in Duisburg

Quellen und Literatur

Gedruckte Abhandlungen:

1594 *Iuridicae Conclusiones Ext. TT. FF. et C. de eo quod metus causa gestus erit. Quas maximi Dei et Domini nostri Iesu Christi foelici auxilio, sub fortalitio clarissimorum consultissimorumque virorum D. Ioannis Michaelis Cronenburgeri Dictatoris, & D. Ioannis Hollandt Fisci, SS. LL.Licent. in florentissimo celeberrimae apud Vbios Iuridicae facultatis Collegio, publice disputandas proponit ac tuebitur Nicolaus Langenbergh Wipperfurdanus Anno Christi nativitatis MDXCIIII. XIX. Ianuarij. Coloniae Agrippinae excudebat Petreus Keschedt.* Bayerische Staatsbibl. München, 4 Diss. 1332 Beibd .

1596 *De maleficiis conclusiones octo, iuncta conclusione una cum suis fundamentis membratim explicata, de collectando. Quas in Academia Iulia qua est Herbipoli, Deo auspice, praesidio clariss. ac consultissimi viri Iohan Driesch I.U.D. pro gradu Doctor. rite disputandas proponit Nicolaus Langenberg. Mens. Novemb. die [Lücke] Anno [1596] Wirceburgi excudebat Georgius Fleischmann.* Württ. Landesbibl. Stuttgart, Jur. Diss. 4059.

1616 *Einfeltiger Discurs darinnen der Gülischen Landt und Leute betrübter und gefehrlicher zustandt kurtzlich vorgebildet, unnd auff des Herrn Abten zu Syberg / unlangst in Truck gegebene Schrifft / so viel die Chur: unnd Fürstliche Räht und Commissarien damitten ungütlich angezogen / gleichsam nach notturft geantwort wirdt, Durch Nicolaum von Langenbergh beyder Rechten*

Doctor / Kön. Mai. in Franckreich / und Chur Fürtslichen Brandenburgischen bestelten und geheimen Raht / und in beyden Fürsthentumben Gülich und Berg / verordneten general Commissarien Gedruckt zu Cleve / Anno MDCXVI. Digitalisierung des Exemplars aus der Barockbibliothek Nünning durch die Universität Münster.

1617 *Außführlicher Discvrs Von der Gülchischen Landen und Leuten hochbetrübten und gantz gefährlichen Zustand: Auch notwendige Antwort Auff deß Herrn Abten zu Syberg unlängst in offenen druck gegebene Schrift, darinnen die Chur- unnd Fürstliche Rähte und Commissarien ungütlich angezogen werden. Durch Nicolaum von Langenbergh, beyder Rechten Doctorn, Kön. May. in Franckreich und Churf. Brandenburgischen bestellten und geheimen Raht, und in beyden Fürstenthümern Gülch und Berg verordneten General Commissarien. Der Warheit zur steur: Auch zur ableynung allerley ungegrünten Einstrewens: Und dann in gemein allen denen, so deß heiligen Römischen Reichs Wolstand lieb haben, zur Nachrichtung in druck verfertig[t]. Auß dem Clevischen Exemplar nachgetruckt Anno MDCXVII.* Ediert mit Register in: „... kein der schlechtesten Oerter einer" Beiträge zur Geschichte der Stadt Wipperfürth. Festschrift zum 25-jährigen Bestehen des Heimat- und Geschichtsvereins Wipperfürth e. V. (Hg. Heimat- und Geschichtsverein Wipperfürth e. V.), Wipperfürth 2006. S. 45-100). Etymologische Erläuterungen von Hermann Josef Dahm: *Ausführlicher Discurs Von der Gülchischen Landen und Leuten hochbetrübtem und gantz gefährlichem Zustand. Handreichung zum besseren Verständnis der 2. Auflage von 1617* (Hg. Heimat- und Geschichtsverein Wipperfürth e. V.), Wipperfürth 2012

Handschriftliche Abhandlungen:

1617 *Vortrag unndt Werbung Wie dieselbe, für dem Durchleuchtigst Hochgebornen Meinem Gnedigsten Herrn, Marggraven zue Brandenburg [...] erst mundtlich, hernacher schrifftlich unterthenigst abgelegt unndt ubergeben Durch Ihrer Churf. Durchl. geheimbten Rhatt unndt Comissarium D. Niclaß von Langenberg, Betreffendt Der Gulischen unndt Clevischen Landtschafften gefährlichen Verlauff, unndt ietzt hochbeschwärlichen Zustandt. Zue Konigs Perg in Preussen den 22. Septembris Anno 1617.* LA NRW, HStA Düsseldorf, Kleve-Mark, Akten, Nr. 3845, f. 166-207; ediert in: Franz Josef Burghardt (Bearb.): *Die Beschwerde der klevisch-märkischen Landräte bei Kurfürst Johann Sigismund in Königsberg 1617.* In: Annalen des Historischen Vereins für den Niederrhein 212 (2009), S. 235-26.

1619 *Supplication D. Langenbergen* [Kleve 22. März 1619], GStA PK I HA, Rep. 34, Nr. 64h (unfol.), 50 Bl.; ediert in: Franz Josef Burghardt (Bearb.): *"Daß es die Welt offenbar anderst haben will". Die Bittschrift des Rates Nikolaus von Langenberg an Kurprinz Georg Wilhelm von Brandenburg 1619.* In: Düsseldorfer Jahrbuch 81 (2011), S. 23-66.

Arbeiten des Autors zu Nikolaus Langenberg und Kurfürst Johann Sigismund von Brandenburg:

Brandenburg und die niederrheinischen Stände 1615-1620. In: Forschungen zur Brandenburgischen und Preußischen Geschichte NF 17 (2007), S. 1-95.

Die Anfänge der schwarzenbergischen Herrschaft Gimborn-Neustadt 1610-1630. In: Beiträge zur Oberbergischen Geschichte (Hg. Oberberg. Abt. 1924 e. V. des Bergischen Geschichtsvereins) 9 (2007), S. 33-44.

Die Langenberg aus Wipperfürth im 16.-18. Jahrhundert. In: Zeitschrift des Bergischen Geschichtsvereins 101 (2009), S. 21-69.

Ratsherren als Volksvertreter. Zur Bedeutung der Städte bei der Besitzergreifung der niederrheinischen Herzogtümer durch Brandenburg-Preußen und Pfalz-Neuburg 1609–1610. In: Zeitschrift des Bergischen Geschichtsvereins 103 (2010/2011), Neustadt a. d. Aisch 2012, S. 22-52.

Tradition - Toleranz - Stoa. Zur politischen Philosophie im nördlichen Rheinland am Vorabend des Dreißigjährigen Krieges. In: Rheinische Vierteljahrsblätter 75 (2011), S. 171-202.

Zwischen Fundamentalismus und Toleranz. Calvinistische Einflüsse auf Kurfürst Johann Sigismund von Brandenburg vor seiner Konversion. (Historische Forschungen 96), Berlin 2012.

Ursula Haak-Pilger - Hermann Pilger: *Wipperfürth und Merheim - Eine Geschichte aus dem 17. Jahrhundert.* In: Wipperfürth, 800 Jahre und mehr. Festschrift zum Stadtjubiläum 2017. (Hg. Stadt Wipperfürth et al.) Wipperfürth 2017, S. 95-116.

zu Seite 41:
Originaltexte nach: Hermann Kleinholz, *Die Chronik des Arnold von Anrath*, 1586-1621, in: Klaus Baumbauer u. Hermann Kleinholz (Bearb.), *Geusen und Spanier am Niederrhein, Die Ereignisse der Jahre 1586-1622 nach den zeitgenössischen Chroniken der Weseler Bürger Arnold von Anrath und Heinrich von Weseken*, Wesel 1992, S. 1-258, hier S. 167.

Weblinks:
- "Nikolaus von Langenberg" bei Wikipedia
- Vita des Nikolaus von Langenberg (ohne Quellen): http://www.burghardt-koeln.de/franzj/publik/nvl_lebi.pdf